公家さま同心 飛鳥業平

決定版 [1]

早見　俊

JN126278

コスミック・時代文庫

この作品はコスミック文庫のために書下ろされました。

目次

第一話　業平橋事件……5
第二話　家主の依頼……85
第三話　心のねじれた女……164
第四話　時節違いの幽霊騒動……240

第一話　業平橋事件

一

南町奉行所定町廻《じょうまちまわ》り同心、和藤田三次郎《わとうださんじろう》がその奇妙な男と出会ったのは、天保《てんぽう》九年（一八三八年）の正月二十日、雪が江戸を銀世界に染めた日の朝だった。

三次郎は、本所《ほんじょ》を縦に貫く大横川《おおよこがわ》に架かる業平橋《なりひらばし》に来ていた。

歳は二十八歳。昨年の秋に、父と母を流行病《はやりやまい》で亡くし、定町廻りになった。

中肉中背、どことい って特徴のない面差しの男で、小銀杏《こいちょう》に結った髷《まげ》、黒紋付《くろもんつき》を巻き羽織にするという八丁堀《はっちょうぼり》同心特有の格好をしていなければ、雑踏の中に埋もれてしまうかもしれない。

ここに、三次郎がやってきたのは、殺しがあったと報せが届いたからだ。

殺されたのは、お蔦《つた》という女だった。

業平橋にほど近い本所中之郷《なかのごう》八軒町《はちけんちょう》にある常陸屋《ひたちや》の主、清兵衛《せいべえ》の妻である。常陸屋は元禄《げんろく》二年（一六八九年）創業以来、蒸籠《せいろ》で蒸した饅頭《まんじゅう》がたいそうな評判を呼び、御三家の水戸《みと》徳川家《とくがわけ》御用達《ごようたし》という老舗《しにせ》の菓子屋だ。

そんな名店の女房が殺されたのである。

お蔦は業平橋の真ん中で倒れていた。喉《のど》を抉《えぐ》られ、橋に降り積もった雪が真っ赤に染まっていた。

見つけたのは、通りかかった納豆売りの少年で、明け六つ半（午前七時）のことだったという。お蔦の身元を検《あらた》めたのは常陸屋の番頭、定吉《さだきち》である。

明け六つに橋を通りかかった魚売りは、死骸《しがい》を見なかった、と証言していることから、六つから六つ半の間に殺されたようだ。

その朝、清兵衛は、朝餉の支度ができたのに起きてこない妻を不審に思い、寝間を覗《のぞ》いた。ところが、お蔦の姿はなく、それどころか店や屋敷中を探しても、見つけられなかった。

そこで、番頭の定吉と奉公人たちが、外を探しはじめたのである。

業平橋の騒ぎを知った定吉が駆けつけてみると、そこには、お蔦の変わり果てた姿があった……。

いま橋は、寅吉《とらきち》という岡っ引きが自身番の町役人《ちょうやくにん》や番太の協力を得て、封鎖している。

寅吉は、太い眉に小さな目という不釣りあいな面構えで、大柄《おおがら》なうえに毛深いときては、いかにも近づきがたい男である。

見かけどおり、喧嘩《けんか》がめっぽう強く、素手の喧嘩では負けたためしがない、と自慢しているのも、まんざら嘘《うそ》ではないように思える。

もともと、旗本《はたもと》屋敷の渡り中間《ちゅうげん》だった寅吉は、中間仲間と徒党《ととう》を組み、本所界隈の地廻りをしていた。その寅吉を、三次郎の父、米太郎《よねたろう》が手なずけ、十手《じって》を与えたのである。

そんな男だから、野次馬が近づかないよう睨《にら》みを利かすにはうってつけだ。

このときも、三次郎が駆けつけるまで、殺しの現場を立派に守っていた。それでも橋の袂《たもと》には、物見高い野次馬連中がたむろしている。

三次郎は野次馬を掻き分け、橋に足を踏み入れた。

と、そのとき、三次郎の視界に奇妙な男が映《うつ》った。

雪に溶けこむような真っ白な狩衣《かりぎぬ》に、あざやかな真紅《しんく》の袴《はかま》を穿《は》き、足には真っ黒な沓《くつ》、頭に立《た》て烏帽子《えぼし》をかぶっている。

このため、赤と黒がやたらと目につき、まるで雪に舞いおりた鶴《つる》のようだった。

――どこかの神社の神主《かんぬし》か。

とすれば、ずいぶんと不純な神主だ。神道では、死は穢《けが》れとされるはず。おまけに、お蔦は殺された。神主が殺しの現場を見物するとは、何事だろうか。

――まぁ、いい。

こんな男にかかわっている場合ではない。

三次郎は男を無視して橋を渡り、お蔦の亡骸《なきがら》に至った。寅吉をはじめ、町役人や番太が、「ご苦労さまです」と挨拶《あいさつ》を送ってくる。

昨晩の雪が天の塵《ちり》を持ち去ったかのような晴天である。降り積もった雪はまばゆいばかりの輝きを放ち、それだけに血に染まったお蔦の亡骸は、よりいっそう無惨《むざん》であった。

断末魔《だんまつま》の形相《ぎょうそう》は、お蔦の無念を示しているようだ。生前は美人であったろう面差しを、醜《みにく》く歪《ゆが》めている。

三次郎は両手を合わせ、内心で下手人の捕縛を誓った。

寅吉が医師の検死結果を語ったところによると、死因は刃物で喉《のど》をひと突き。ほかに外傷はない。

「肝心《かんじん》の刃物は見あたりませんや。おそらく、下手人が持ち去ったんでしょうね。紙入れもねえんで、物盗りかもしれません」

寅吉の言葉に、三次郎がうなずく。

――と。

「ちょいと、通行止めですよ！」

寅吉が威嚇《いかく》するような太い声を出した。次いで、「なんだ、あの神主」とつぶやいている。

振り返ってみると、さきほどの神主が近づいてきていた。

「駄目ですって」

相手が神主ということで言葉は丁寧《ていねい》だが、寅吉は、小さな目で威嚇するように睨《にら》みつけている。

ところが、まるで耳に入らないように、神主はまっすぐにやってきて、三次郎の前に立った。

あらためて見てみると、歳のころ三十路《みそじ》過ぎといったところか。

長身ではないが、すらりとした身体、今日の雪にも負けぬ透き通るような白い肌《はだ》、清流のように澄んだ瞳《ひとみ》に高い鼻。

そして、紅《べに》でも差しているかのように真っ赤な唇……全体的に、端整《たんせい》な面差しである。それが狩衣に身を包んでいるものだから、なにやら犯しがたい威厳のようなものを漂《ただよ》わせていた。

神主は、お蔦の亡骸に視線を注《そそ》いだ。表情を動かさず、視線を凝《こ》らしている。

次いで、亡骸のかたわらにしゃがみこんだ。

ここに至っては、さすがに知らぬ顔はできない。文句をつけようとする寅吉を制し、

「もし、神主殿」

神主は返事をしない。口の中で、ぶつぶつと何事かしゃべっている。

「神主殿、返事をしてくだされ」

少しだけ声の調子をあげると、ようやく耳に届いたとみえ、ゆっくりと立ちあがり、三次郎に向き直った。

「わたしは神主ではありません」

その声は、三次郎がこれまでに聞いたことのない種類のものだった。

まるで、横笛の音《ね》のような……声というより楽器の音色《ねいろ》。うまく表現できないが、あたかも天から降ってくるような感じがした。

神主ではなかったのか、と口ごもる三次郎を、男はじっと見つめている。

それからおもむろに発した言葉が、三次郎を驚愕《きょうがく》させた。

「あなたの細君は実家に帰っていますね。出産が間近なのでしょう」

「雅恵《まさえ》をご存じでござるか」

反射的に問い返してしまった。

たしかに、妻の雅恵は、来月の出産を控えて実家に戻っている。両親のいない三次郎の家では心配で、三次郎がやや強引《ごういん》に勧めたのだ。

――この男、雅恵の親戚か。いや、そんなはずはない。

雅恵の父は、北町奉行所の同心である。木村《きむら》惣右衛門《そうえもん》といって、例繰方《れいくりかた》を務めており、祝言の席にもこんな男はいなかった。

男は三次郎の問いかけに、わずかに首をひねり、

「いいえ」

「では、妻が出産を控え実家に戻っているなど、どうしてご存じなのですか」

「存じているのではありません。推量をしてみたのです」

男は澄まし顔で答えた。

「推量……」

そう言われても、納得はできない。

あたかも、狐《きつね》に化かされた思いだ。そういえば、この男、狐が化けているような気もする。

「簡単なことですよ。あなたの羽織の紐《ひも》です」

男に指摘され、三次郎は紐に手をやった。

「紐は、千切《ちぎ》れかけたのが縫われています。しかし、上手な縫い方ではないですね。いかにも、間にあわせのような縫い方です。では、あなたの細君の縫い方が下手《へた》なのか……いえ、そうではありません。それが証拠に、袖口《そでぐち》は非常にきれいに繕《つくろ》われています」

今度は、袖に手をやった。以前、庭の木の枝に引っかけてしまい、雅恵が縫ってくれたものである。

「ですから、紐は細君ではなく、あなたが繕った。ではなぜ、あなたが繕ったのか。それは、細君が家にいないからだ、と考えたわけです。おそらく、実家に戻っておるのでしょう」

「なるほど……では、出産間近というのは、どうしておわかりになったのですか」

「あなたの年齢から考えて、細君が実家に帰るとなると、出産以外には考えられません。それに帯から……」

男は悪戯《いたずら》っぽく微笑《ほほえ》んだ。

三次郎が視線を向けると、帯からちょこんと赤いものが覗《のぞ》いている。水天宮《すいてんぐう》でもらった、安産祈願のお守りだ。

赤らむ顔を背《そむ》け、三次郎はあわてて帯の中に押しこんだ。

「これは、失礼した」

——なんだ、そんなことか。

自分の迂闊《うかつ》さと、男の持ってまわった物言いに、多少の腹が立った。

だが、それにしても、その観察眼には感心せざるをえない。

「では、これで」

男はくるりと背中を向けると、橋を引き返していった。度肝《どぎも》を抜かれた三次郎は、しばらくその背中を見送っていたが、

「もし、すいません」

橋の袂《たもと》で追いついた。

「なにかご用ですか」

「拙者《せっしゃ》、南町奉行所同心、和藤田三次郎と申す。失礼ながら、貴殿のお名前をお聞かせください」

このまま帰すには惜しい気がした。神主のような格好をし、端整な面差しで鋭い推量を披露する男……。

――ただ者ではない。

ぜひとも素性《すじょう》を知りたかった。

「わたしは飛鳥業平《あすかなりひら》と申します」

「あすか、なりひら……」

「飛ぶ鳥の業平……この橋に縁《ゆかり》のある在原業平《ありわらのなりひら》の業平です」

「……飛鳥業平殿、どちらにお住まいですか」

「いまはこの先、大川《おおかわ》沿いにある水戸さんのお屋敷に逗留《とうりゅう》しています」

「水戸さんのお屋敷とは……水戸徳川家のお蔵屋敷でございますか」

「そうです」

――御三家、水戸徳川家の蔵屋敷に逗留しているだと？

たしかに、三町ばかり先に、水戸徳川家の二万六千坪という広大な蔵屋敷がある。その水戸家に逗留しているとは、何者なのだろう。しかも、こんな殺しの現場などにやってきて、亡骸の様子を食い入るように見ていたのだ。

「では、もうひとつお尋ねしたい。なにゆえ、このような場に来られた」

「興味があったからです」

「興味……ですか」

「殺されたのが、水戸さんに出入りしている常陸屋の女房と聞きましたので」

「畏れながら、殺しの事件ですよ。そのようなものに、どうして興味を持たれたのです」

「興味を持つことに理由はありませんな」

「京の都です」

「……貴殿は、水戸さまのお屋敷にまいられる前、どちらにおられたのです」

「京から江戸にまいられたと……江戸見物ですか」

「斉昭《なりあき》さんに呼ばれたのですわ」

そう言われてみれば、業平の言葉にはわずかに京訛《きょうなま》りが感じられる。

「なりあき、さん……」

三次郎が首をひねると、

「斉昭さんを知りまへんか」

今度は露骨《ろこつ》な京言葉である。

とたんに、三次郎の背筋が伸びた。

まさか、なりあきとは水戸徳川家当主、従三位《じゅさんみ》権中納言《ごんちゅうなごん》の徳川斉昭のことか。

だとすると、水戸家の当主を「斉昭さん」と呼ぶとは、この男は何者なのだろう。

風体《ふうてい》や京都から来たという言葉からすると、公家かもしれない。しかし、公家がなんで江戸に……。

なんとなく、胡乱《うろん》なものを感じた。ひょっとして、京都の公家を騙《かた》り、水戸徳川家の名を利用する詐欺師《さぎし》だろうか？

「なりあきさんとは、水戸中納言さまのことでござるか」

尋問口調となり、三次郎はあらためて確かめた。

「決まっていますがな」

業平は小馬鹿にしたように鼻で笑った。

ここで腹を立ててはならじと三次郎は我慢した。

「貴殿、水戸中納言さまに呼ばれたのでござるか」

「さっきから、そう言うてますやろ。ほな」

気分を害したのか、業平は、端整な面差しをほんのわずか歪《ゆが》めると、踵《きびす》を返して歩きだした。

「待たれよ」

しかし、業平は止まらない。寅吉が町役人や番太を引き連れ、業平の前に立ちふさがった。面倒くさそうに、業平が振り返る。

――この男、怪しい。

公家の格好をし、水戸斉昭の名まで持ちだす大風呂敷……水戸家のためにも、このようないんちき男をはびこらせてはいけないだろう。

「すまぬが、自身番まで同道いただきたい」

「お断りします」

業平はきっぱりと答えた。その態度に、よけいに腹が立ってくる。

こうなると、意地でも引っ張りたくなった。

「同道くだされ」

「断ると申してますがな」

「いや、ぜひとも」

「なんでや、なんで行かなあかんのや」

「畏《おそ》れ多くも水戸さまの名を騙るとは、不届きな輩《やから》だからだ」

三次郎が十手を抜いた。寅吉も肩を怒らせ、三次郎の捕縛命令を待ち構えている。

それでも業平は、「阿呆《あほ》らし」とひとことつぶやくと、歩きだそうとした。

とうとう三次郎が十手を頭上に掲げたとき、

「飛鳥卿！」

声があがり、羽織、袴の侍が五人ばかり、野次馬を掻きわけてやってきた。

二

「飛鳥卿、このようなところで、なにをなさっておられるのですか」

五人のなかで、いちばん年長であろう男が言った。

――飛鳥卿……この男、どうやら本物の公家のようだ。

三次郎が固まってしまうと、年長の男が怪訝《けげん》な目を向けてきて、

「拙者、水戸徳川家用人、津坂兵部《つさかひょうぶ》と申す」

津坂はあきらかに、三次郎にも名乗るよう求めている。水戸家の用人となると、おろそかにはできない。

「これは、申し遅れました。わたしは南町奉行所の同心、和藤田三次郎と申します」

三次郎は丁寧《ていねい》に挨拶をした。津坂はそれを見くだすように一瞥《いちべつ》してから、業平に向き直り、

「飛鳥卿、帰りましょう」

どうやら、この業平という男が、水戸家と昵懇《じっこん》の公家であることは間違いないようだ。そんな貴人《きじん》に、とんだ無礼を働いたものである。

横目に映る寅吉も、雰囲気で、まずいことをした、と察したのだろう。この男には不似合いなくらい、おとなしくなっていた。

「それが……わとうさんが帰らしてくれないのです」

内心で「和藤田だ」と訂正したが、とても言いだせる雰囲気ではない。

「どういうことですかな」

津坂が睨《にら》んできた。

「あ、いや、そういうわけではなく、ちょっとお話をお聞かせ願いたいと思いまして」

「話じゃと」

津坂が、いかにも胡乱なものを見るような表情を作った。

そこへ、業平が火に油を注《そそ》ぐように、

「わたしが水戸さんの名を悪用して、よからぬことをしてると疑ってはるようですわ」

とたんに、津坂がすごい形相になった。

「いや、決して、そんなことではなく……」

しどろもどろになりながら、三次郎は必死に抗弁《こうべん》する。頼みの寅吉も、うつむいたままだ。

津坂が、ぐっとこらえるように大きく息をした。白い息が煙《けむり》のように流れて、

「ならば、これにて」

ひと睨《にら》みしてから、津坂が立ち去ろうとした。

水戸家といいさかいにならず安堵《あんど》したが、そうなってくると、業平に対する好奇心が押さえられなくなってくる。

「畏《おそ》れ入りますが……こちらは、どのようなお方なのですか」

三次郎の問いかけに、津坂は勿体《もったい》をつけるように空咳をしてから、

「こちらにおわすは、畏れ多くも従三位権中納言、飛鳥業平卿にあらせられる

ぞ」

　と、威厳をこめて太い声を出した。

　――なんと、中納言か。

　思わず、三次郎はその場で平伏《へいふく》した。あわてて寅吉たちも土下座《どげざ》をする。

　従三位権中納言――。

　御三家水戸徳川家当主、徳川斉昭と同じだ。むろん、町奉行など足元にも及ばない。それどころか、並の大名ですら、仰《あお》ぎ見なければならない存在である。

「そんな、堅苦しい挨拶はいい。こんな雪のなかで平伏なんかするもんやない。立ちなさい」

　業平に言われたが、三次郎はどうしていいかわからない。

「中納言さまもこうおっしゃっておられる」

　津坂の言葉で、ようやく三次郎は立ちあがった。膝《ひざ》についた雪を払いながら、寅吉たちにも立つよう、うながす。

「これは、とんだご無礼を」

　三次郎は平謝りに謝った。

「中納言さまは、我が主の招きで江戸にまいられたのだ。大日本史《だいにほんし》の編纂《へんさん》にご助力いただくためにな」

そう津坂が語った。

水戸家が藩をあげておこなっている一大事業、「大日本史」の編纂……五代当主で名君の誉《ほま》れ高い光圀《みつくに》がはじめて以来、二百年近く続いている。

「中納言さまの飛鳥家は、公家の格式では羽林家《うりんけ》に属し、家業は有職故実《ゆうそくこじつ》であれる。わけても業平卿は、聡明《そうめい》さをもって知られておってな。我が殿は、ぜひ大日本史編纂に、業平卿のお力添えをいただこうと、お招きした次第じゃ」

羽林家は公家の家格《かかく》で、摂家《せっけ》、清華家《せいがけ》、大臣家《だいじんけ》に次ぐ。

当主は、参議から中納言、果ては大納言《だいなごん》までのぼることができた。

和歌《わか》、蹴鞠《けまり》、茶道、華道、書道などの家業を持っており、飛鳥家は、過去の官職、儀式、装束《しょうぞく》を研究する有職故実で朝廷に仕《つか》えている。

官位は水戸徳川家の当主と並び、やがては、尾張《おわり》徳川家、紀伊《きい》徳川家と同格となるだろう。

もちろん、八丁堀同心である三次郎はそんなことまでは知らないのだが、なんにしても、とてつもない貴人であることはわかった。

「知らぬこととは申せ、まことと失礼をしました」

「わかればよい」

津坂は鷹揚《おうよう》な態度を見せたが、

「許せまへんな」

業平がそう言ったものだから、当の三次郎はもとより、津坂も驚きの表情となってしまった。

「まこと、非礼は重々お詫《わ》び申しあげます」

三次郎としては、ひたすらに詫びるしかない。

だがその甲斐《かい》もなく、業平は冷然と、

「いくら詫びてもらっても許せない」

津坂は困った顔をした。思いもかけぬ事態となり、困惑《こんわく》しているのだろう。

「では、奉行所より正式にお詫び申しあげたいと思いますが……」

三次郎とて、どうしていいかわからない。

「そんな必要はない」

業平の台詞《せりふ》は、京言葉と武家言葉がくるくると入れ替わる。

「では、どうせよと……」

こんな貴人に対し、町奉行所の同心風情《ふぜい》になにができようか。まさか、馘首《かくしゅ》になるようなことはないだろうが、なんらかの処分はあるかもしれない。

雅恵にはどう話せばいいのだろう。お腹の子に差し障《さわ》りがあっては大変だ……。

そんなことを思いながら津坂の顔を見ると、津坂は素知らぬ風で三次郎の視線から逃《のが》れた。業平に視線を戻すと、怒っていると思いきや、意外にもにっこりと微笑《ほほえ》み、

「では、わたしの望みを申します。常陸屋の女房、お蔦殺しの探索に加えていただきたい」

「はあ……」

三次郎は業平の言葉の意味がわからず、口をあんぐりとさせた。それは津坂も同様と見え、いや、三次郎以上に驚きと戸惑《とまど》いを感じたらしく、

「飛鳥卿、なにを申されるのです」

業平は大真面目に、

「わたしが申したこと、聞いていなかったのですか」

「聞いていればこそ、こうしてお尋ねしておるのです」

「この殺し、ぜひとも探索をしたいと思います」

「そのような不浄《ふじょう》なことにかかわっては、飛鳥卿のおためになりませんぞ」

「気にすることはない」

「いいえ、そんな……」

津坂は言ってから三次郎を見て、

「貴殿からも申されよ」

あたかも、おまえのせいではないか、といった目を向けてきた。

「そうですよ。こんな不浄なことに手を染めては、飛鳥家の名にかかわるのではございませんか」

だが、三次郎の説得に対しても、業平は冷然と、

「飛鳥家の名折れと言っても、そもそも貴殿は、飛鳥家のことをご存じなかったではないか」

真実をつかれ、ぐうの音も出ない。

「ともかく、探索に加わりたい。そうでなければ、わたしに対する非礼、さらには水戸さんに対する南町奉行所の非礼、公方《くぼう》さんに訴えます」

業平は、なんとも意地の悪い物言いをした。

困った津坂は、三次郎の羽織の袖を引いて道の端へと連れていき、

「ここは承知するのがいい」

「探索に加えていただくだけでよいのだ。実際の探索は、貴殿な好きなようにすればよかろう。相手は世間知らずのお公家さま、江戸の風物《ふうぶつ》が珍しくてしかたないのだ」

「ですが、殺しの探索は遊びではないのです」

「わかっておる」

津坂はむっとした。

「ですから、探索にお加えするのは、いかがなものかと……」

「だから、一緒に連れていくだけでいいのだ。幸い、殺されたのは、当家出入りの商家だからな」

水戸家御用達の商人の妻が殺されたのが、とても幸いとは思わないが、これ以上、議論していても埒《らち》が明かない。

考えてみれば、別段、業平に危害《きがい》を加えられるわけでもなかろう。

それに、あの鋭い観察眼と推量……。

――ひょっとして。

という気持ちもある。

ここは、承知してもいいのではないか。

それに、業平はお公家さまだ。

きっと、気まぐれで言っているに違いない。

実際の探索は、見た目よりもはるかに地味なものだ。一緒に探索をおこなっているうちに飽きてしまうだろう。

「わかりました」

「承知してくださるか」

「わたしに非があるのですから」

津坂は満面の笑みで、業平に向き直った。

「飛鳥卿、和藤田殿が承知してくださいましたぞ」

業平は破顔し、たちまち機嫌をよくした。

「では、津坂さん。わたしは、わとうさんと一緒に行きますので。どうぞ、藩邸に戻っていてください」

内心で「和藤田だ」とつぶやきながら、業平のかたわらに寄った。

業平は嬉しそうに、

「これから、どこへ行きますか。まずは常陸屋ですか」

「自身番に、主の清兵衛を呼んでおりますので行ってみます」

「ほんなら、はよ行きましょう」

率先《そっせん》して歩きだした業平だが、じき自身番の場所を知らないことに気づき、戻ってきた。

「ご案内します」

妙な男と知りあったものである。

ため息が、やけに白かった。三次郎は、常陸屋の奉公人への聞きこみを寅吉に指示し、現場をあとにした。

三

大横川は、業平橋の北から源森川《げんしんがわ》と名を変える。源森川は八町ほどの短い川で、そのまま大川へ注《そそ》がれる。

業平と三次郎は、川端を大川に向かって進んだ。じきに右手に、水戸徳川家蔵屋敷の長大な築地塀《ついじべい》が見えてくる。

この寒空の下、源森川には荷船が行き交っていた。そのまま大川に出るものもあれば、水戸藩邸に荷を運ぶ船もあった。

大川に近づくにつれ川風は強くなり、寒さがよりいっそう身にこたえる。業平はというと、なにやら口の中で、もごもごとつぶやいていた。

耳をそばだてると、どうやら和歌のようだ。

――名にしおはば　いざ言問はむ都鳥　我がおもふ人は　ありやなしやと。

「……在原業平が、大川や吾妻橋《あづまばし》付近を詠《よ》んだ歌です。業平橋の名は、この歌がもとでつけられたのですよ。わたしは、自分と同じ名の在原業平に興味を覚え、ぜひとも東国《とうごく》を見たいと思い、斉昭さんの招きに応じたのです」

「はあ……そうだったのですか」

「それやのに、歌を台無しにする殺しが起きるとは、物騒なことやな」

業平は、ふたたび在原業平の歌を繰り返した。

「中納言さま、その……」

三次郎の言葉を遮《さえぎ》るように、

「中納言さまはやめなはれ」

「やめなはれと申されましても」

「ここは都やない。わたしは旅先です。しかも、お忍びです。だから中納言は勘弁してください」

　またも、京言葉と江戸言葉が混じっている。

「そうは申されましても、あなたさまは、肩を並べて歩くことも許されないお方なのですから」

「中納言さまやなんて、堅苦しゅうてあかんわ。だいいち、そんな風に呼ばれたら探索なんかできまへんがな」

　拗ねられても面倒である。どうせ、長くは付き合わないのだ。

　好きなようにさせようと思い、

「では、どのようにお呼びしましょう」

　業平はしばらく考えていたが、

「業平さんでいいですよ」

「いや、それではいかにも」

　さすがにそんな気さくには呼べない。三次郎がためらっているのを見て、

「では、聞きますが、わとうさんは飛鳥家の家禄《かろく》を知ってますか」

「禄高《ろくだか》でございますか。ええっと」

　公家が総じて禄高が低いことは、三次郎も知っている。

しかし、業平は水戸家の当主と同格、やがてはそれを追い越し、尾張、紀伊家と同格の大納言にものぼれるだろう。武家で大納言にのぼれるとなると、尾張家、紀伊家の当主のほかには、将軍世子《せいし》しかいない。

それほどの貴人なのだ。

かといって公家の禄高となると……。

三次郎が考えあぐねていると、

「三百石や」

業平はさらりと言ってのける。

「三百石ですか」

思わず驚きの声をあげてしまった。

「低いもんやろ」

「はい……いえ、そのようなことは」

水戸家は三十五万石、尾張家は六十二万石、紀伊家は五十四万石。

御三家を引きあいに出すのは無理があるにしても、三百石とは、幕臣《ばくしん》で言えば三次郎たちの上役、町奉行所の与力の二百石より少し高いだけだ。

むろん、与力は、官位などとは一生無縁である。

町奉行は役高《やくだか》三千石。業平の十倍の禄高ながら、位は従五位下《じゅごいのげ》というはるか下である。

「ついでに言うと、公家の頂点に立っている五摂家《ごせっけ》筆頭の近衛《このえ》さんが三千石、いや二千八百石あまりや。武家の世の中やからしゃあない。公家は官位という虚名《きょめい》をありがたかってるけど、台所はひもじいもんや。な、あんたらの上役の与力さんより、ちょっとばかり高い禄高やと思えば、気も楽やろ」

業平がそう言ってくれているのは、彼なりの気遣いだろう。とはいえ、公家の禄高と武家のそれを単純に比較はできない。

わかっていても、そう言われてみると、いささか気が楽になった。

「では、飛鳥殿とお呼びします」

業平は不満顔だったが、

「ま、そんでええことにしとこか。ほんなら、わとそん」

三次郎は、ぎょっとした。

業平は「わとさん」と呼んだつもりだろうが、三次郎の耳には「わとそん」と聞こえてしまったのだ。

じつは三次郎、南町奉行所の同僚からは、「さんじろう」ではなく、「そんじろう」と呼ばれている。

日頃、なにかと貧乏くじを引くことが多いことから、「三次郎」ではなく「損次郎」だ、などと揶揄《やゆ》されるようになったのだ。

そのせいなのだろう。

「わとさん」が、「わと損」に聞こえてしまった。

「どうしました」

そんな三次郎の心境など知るはずもない業平が訝《いぶか》しんだ。

「いえ、なんでもないです。それより、こちらです」

三次郎たちは、源森橋の袂《たもと》にある自身番に足を踏み入れた。

板敷に、しょんぼりとした中年男の姿があった。値の張りそうな紬《つむぎ》の着物に、常陸屋の屋号が入った羽織を重ねている。

亭主《ていしゅ》の清兵衛に違いない。番太が三次郎に気づき、清兵衛の耳元で、南町奉行所の同心が来たことを告げた。

次いで、番太は業平を見て怪訝《けげん》な顔をしたが、三次郎と一緒のためか口には出さなかった。

清兵衛は顔をあげ、

「お役人さま、家内を殺した下手人は捕まったのでしょうか」

「まだだ」

三次郎は口に出してから、胸が痛んだ。

悔しげに唇を噛《か》む清兵衛に、部屋にあがるよう命じる。小上《こあ》がりになった座敷に業平と三次郎、それに清兵衛が入り、障子《しょうじ》を閉めた。ひとり待っていた書役《かきやく》も業平に戸惑う風だったが、黙ったままだ。

清兵衛は着物の袖で涙を拭《ぬぐ》うと、業平に視線を据《す》え、

「あの……水戸さまのお屋敷にご逗留なさっておられる、お公家さまではございませんか」

業平は表情を変えず、

「いかにも。飛鳥業平と申す」

清兵衛は三次郎に、なぜ業平がここにいるのかと目で問いかけてくる。三次郎が口ごもっていると、

「麿《まろ》は、都では悪人どもを捕まえる検非違使《けいびいし》やさかいな。なんぞ、探索のお手伝いでもできるかと思うたのや。ましてや、水戸さん出入りの菓子屋の女房が殺されたとあっては、知らん顔もできへんがな」

業平が京言葉を強めて言った。検非違使などもはや有名無実で、三次郎も聞いたことがある程度だったが、それはそれで煙《けむ》に巻いたようである。

清兵衛は首をひねりながらもうなずいた。

「では、尋ねるが……」

口調をあらためた三次郎に、清兵衛も背筋を伸ばす。

「今朝、朝餉《あさげ》に来ないお蔦を、奉公人に探させた……明け六つだったな」

「そのとおりでございます。家にはおらず、どうやら、お蔦は業平橋に出かけていたようです」

「なぜ出かけたのだ」

「それが……こんな物が」

清兵衛は懐《ふところ》から一通の書付を取りだした。三次郎はそれを受け取ると、まずは業平に見せるべきかと迷ったが、結局、声を出して読みあげることにした。

「大事なお話がございます。明け六つ、業平橋で待ちます」

それを聞くと、業平が手を伸ばしてきた。そのまま渡すと、業平は何度か読み返したあと、書付をひっくり返したり、透かして見たりした。

三次郎は清兵衛に視線を戻し、

「この書付に従って、お蔦は業平橋に行ったということだな」

ということは、物盗りの線は消えたというわけか。

「そうとしか思えません」

「誰が書いたか心あたりはないか」

「いいえ」

清兵衛はわずかに視線を泳がせた。とたんに業平が、

「嘘ですね」

と、横から口をはさむ。

清兵衛の口が、あんぐりと開いた。

「あなたは嘘をついている」

「いえ、そんな……」

「心あたりがあるはずだ。だから、わとさんから聞かれたとき、視線が彷徨《さまよ》ったのです」

「も、申しわけございません」

うなだれた清兵衛がぽつりと、

「お千《せん》です」

「お千とは誰だ」

三次郎が問い返す。

「お調べになればわかると思いますので申しますが、お千は、一年前から囲《かこ》っている女でございます。もとは深川芸者でした」

「愛妾《あいしょう》か。お蔦は知っていたのか」

「存じておりました」

「お蔦とお千の間柄《あいだがら》はどうだった」

「よくありません」

「それはそうだろうな」

三次郎は、これで決まりだ、と内心でつぶやいた。

「お役人さま、お千をお疑いでございますか」

清兵衛が悲痛に顔を歪ませる。

「疑うのは当然だ」

「しかし、お千がお蔦を殺《あや》めるなど……」

すっかりしおれているところから見ても、清兵衛にとって、お千は愛しい存在に違いない。

と、ここで業平は不謹慎にも、大きなあくびを漏《も》らした。非難するわけにもいかず、三次郎と清兵衛は黙っている。

「わとさん、お千を疑うのはけっこうですが、下手人と決めつけるのはよくありませんね」

「なにも決めつけてはおりません」

三次郎はかぶりを振った。

「いいえ、わとさんは決めつけている。その目を見ればわかります」

図星を指され、三次郎はふたたび黙ってしまった。

「ともかく、お千に話を聞かなあかん。そや、その前に、あんたは明け六つからお蔦の亡骸が見つかった六つ半まで、なにしてはったのや」

業平は清兵衛の心配顔を見つめた。

「わたしは、目を覚まして神棚を拝《おが》んでいました」

「それを見た者はおりますか」

「奉公人が何人も見ております」

業平は三次郎に、

「裏を取ったほうがいいですよ」

「はい」

思わず返事をしてしまった。

「ま、まさか、わたしをお疑いですか」

けろっとした顔の業平は、

「お千を疑うのやったら、あんたも同じ理由で疑えるわけや。お蔦が邪魔になったあんたは……」

そこで三次郎が言葉を遮《さえぎ》るように、

「お言葉ながら、この書付はお千が書いたものでは」

「それは、この人が言っているだけでしょう。筆遣いも調べななららん。本当にお千が書いたものなのか」

「それは、そうですが」

またしても、やりこめられてしまった。

「ほんなら、これからお千のところへ行きますか。岡っ引きを使って常陸屋の奉公人たちに、その点も確かめさせなさい。明け六つに、みな、なにをしていたのか。それから清兵衛、あとで常陸屋へ行くさかい、あんたの筆遣いがわかるものを用意しときなさい」

矢継《やつぎ》ぎ早《ばや》に出される業平の指示に、三次郎はすっかり調子が乱れてしまった。

四

業平に引き連れられるようにして、三次郎はお千の家に向かった。

お千の家は、もと来た道を戻って業平橋を渡り、西尾《にしお》隠岐守《おきのかみ》の屋敷の向かいにある小体《こてい》な一軒家だった。近づくと、三味線の音色が聞こえてくる。

業平がうながし、三次郎は頭をさげてから格子戸を開けた。

「御免」

三味線の音がやんだ。次いで、廊下を足音が近づいてくる。

やがて、お千と思《おぼ》しき女が現れた。色白のふっくらとした女で、歳は二十四、五といったところか。深川芸者の粋《いき》を示すように、この寒いのに足袋《たび》を履かず素足である。足の爪に紅を差しているのが色っぽい。

「お千だな」

三次郎のなりを見て、八丁堀同心とわかったのだろうが、業平への戸惑いは隠しようもない。だが、そんなことは口に出さず、

「八丁堀の旦那とお見受けします」

「いかにも、南町の和藤田だ」

横にいる業平にも正確な苗字を伝えようと、「わとうだ」と強調したが、果たして業平に通じたかどうか。

「お蔦さんのことですか」

「知っておるのか」

「知っているもなにも、この界隈じゃ大変な噂ですからね」

「三味線の音が聞こえたが……」

「こんなときに三味線を弾いたら不謹慎ですかね」

「いや、そんなことはどうでもいいのだが……ちと、尋ねたいことがある」

「こんなところで立ち話はなんでございますから、どうぞ、おあがりになってください」

お千に案内され、奥に向かった。

江戸の町家が珍しいのか、業平はきょろきょろと見まわしている。

庭に面した居間に入り、ぴたりと障子が閉じられた。神棚があり、その下に長火鉢が置いてある。

漆喰《しっくい》の壁には、太棹《ふとざお》の三味線が立てかけてあった。

茶を淹《い》れたお千が、業平のほうを見てふたたび怪訝そうな顔をする。

「ゆえあって、お蔦殺しを探索しておられる飛鳥さまだ」

三次郎は業平の素性を曖昧《あいまい》に濁《にご》した。

お千もわけがわからない様子だったが、同心がお蔦殺しで自分を訪ねてきた現実を思ったのだろう。黙ってうなずき返した。

「ところで、これはおまえが書いたものか」

三次郎が懐から書付を取りだした。お千はそれを受け取ると、しげしげと眺《なが》めてから、

「わたしが書いたものです」

意外なほどあっさりと認めた。

「では、今朝、業平橋に行ったのだな」

「いいえ」

お千が首を横に振った。

目をむいた三次郎が問いただそうとすると、

「行っておりません」

今度は、声を強めた。

「ならば、なんでこんなものをお蔦に書いたのだ」

「これは、お蔦さんに向けて書いたのではございません。旦那さまに書いたのです」

「なんだって」

驚いた三次郎をよそに業平はおもしろそうに、にんまりとしている。

「それに、呼びだした日は、今日ではなく明日です」

「しかし、書付には……」

三次郎が身を乗りだすと、

「たしかに、この文であれば、前に一文が入っていてもおかしくはないですね」

業平は冷静に指摘した。

お千から書付を引ったくるように取り、三次郎はじっくりと眺める。よく見ると、切り取ったような跡が見て取れた。そこに、明日二十一日、と書かれていたということか。

「明日の明け六つに清兵衛をな……何用で呼びだした」

気を取り直した三次郎が尋ねる。

「それは……」

お千は口ごもったが、話しづらいことは容易に想像がつく。だが、聞かないわけにはいかない。

「話してくれ」

「このことは、旦那さまの体面、常陸屋の看板にかかわることですから、どうかここだけの話にしていただきたいのです」

「むろん、そのつもりだ」

「では、お話しします……わたしは、旦那さまに別れ話を持ちかけようと思ったのです」

「別れ話、な」

「はい。これ以上、関係を続けたとしても、旦那さまのためにも、わたしのためにもならないと思いまして……」

「常陸屋の女将になれるわけではないからな。清兵衛とて、商人としての信用というものがあろう。ここらが潮時だとおまえが思ったとしても、わからぬ話ではない」

「それに……お蔦さんとこれ以上かかわるのが、嫌になったんです」

お千が、顔にべったりと疲労の色を貼りつかせた。

「どうした」

三次郎が聞くと、

「それはもう……」

お千が清兵衛の妾となったのは、一年前の正月。お蔦に気づかれたのは、その半年後の七月のことだったという。

「そのとき、お蔦さんが乗りこんできたのです」

旦那が妾《めかけ》を囲っていることに気づいたお蔦は、すぐさま、お千を訪ねてきた。

「修羅場か」

「そのときは、おとなしかったんですけどね。静かにわたしの顔を見据《みす》え、目に涙を溜めて、どうかあの人と別れてくれ、と頼んできたのです。わたしは、言葉をなくしました」

それから半刻あまり、黙ってお千を見ていたという。

「わたしは、なんだか気味が悪くなりましてね。でも、わたしにだって意地があります。頑《がん》として承諾しませんでした。お蔦さんは、その日はそのまま帰ったのですが……それから、ひと月ほど経ったころでしょうか。旦那さまがここに訪ねてきた晩に、お蔦さんがまたやってきたのです」

お千はここで怖気《おぞけ》を震った。

「どうした」

「包丁を持ったお蔦さんが、この部屋で……」

さんざん、暴《あば》れたのだという。

「包丁だと……」

「そうです。それはもう大騒ぎになりまして。それで、番頭の定吉さんが駆けつけて、大声を出してくれたから助かったんですけど」

いつも定吉は、お千と清兵衛の間の連絡を取っていたという。その晩は、清兵衛を迎えにきていたのだった。

「あのときは、本当に死ぬかと思いましたよ」

お千が胸を撫《な》でおろした。

「そいつは災難だったな」

「それからも、暴れたりするようなことはありませんでしたが、ときおりやってきては、別れてくれ、と頼む始末です。旦那さまは、お蔦を説得する、と慰《なぐさ》めてくれましたが、正直申しましてわたしはもう疲れました」

実際、心底疲れ果てたように大きなため息をつく。

「自分から身を引こうと思ったのだな」

「はい」

「それで、文を出したと」

「昨日の夕暮れに定吉さんがやってきたので、文を託《たく》したんです」

「ただ身を引くのか」

「と、おっしゃいますと？」

「いくらか、金を無心するつもりだったのではないのか」

とたんに、お千はきっとした顔になり、

「あたりまえじゃござんせんか」

と、深川芸者らしい男っぽい物言いをした。

「話はこれからでしたけどね。少なくとも百両はいただかないと」

「清兵衛は承知しただろうか」

「承知させますよ」

お千の口ぶりは自信に満ちている。

「しかし、お蔦が死んだいまとなっては、別れ話をしなくてもよくなったな」

そこで、お千の顔が曇った。

「どうしたのだ」

「……いまでも別れたいんですよ」

「でも、こんなことを申しては不謹慎だが、お蔦は死んだのだぞ」

「それはそうなんですけどね、妙なもんで、別れるって思ったらもう駄目ですね。お蔦さんのことは関係なくて、旦那さまと別れてもいい。いや、別れたいと思うようになってしまったんです」

虚ろな目で語るお千を見ていると、横から業平が、探りを入れろ、と目で命じてきた。

「……ところで、今朝の明け六つから六つ半には、なにをしておった」

「寝てましたよ」

「誰か知っている者は」

「いやしませんよ。ひとり住まいなんですから。通いで身のまわりの世話をしてくれる女中がいますけど、五つ（午前八時）にならないとやってきません」

本当のことを言っているのかどうかはわからない。

横目で業平を見ると、やはりお千の証言が判然としないのだろう。ひとことも発さず、紅を差したような唇を真一文字に結んで、お千を見つめ続けている。

だが、これ以上は聞くことがない。

「では、ひとまずこれでな」

そう言って腰をあげた。業平も無言で続くように見えたのだが……ふと、

「お蔦を殺したのは誰だと思いますか」

突然の問いかけに、お千は首をひねったまま、

「見当がつきません」

「では、もうひとつ」

姿勢を正したお千に、

「芸者をしていたころ、なんという名だったのです」

きょとんとなりながらも、お千は素直に答えた。

「千代吉《ちよきち》です」

「なるほど、千代吉か。なるほど」

なにがおかしいのか、業平は至極《しごく》、満足そうだ。

五

表に出た三次郎は、業平がどう考えたのかに興味を抱いた。

相手は気の遠くなるような貴人なのだが、人間とは不思議で、慣れというものがある。出会ってからそんなに時を経ていないが、身近で言葉を交わすうちに、中納言に話しかけることにためらいを感じなくなっていた。

「飛鳥殿、お千の話はどう思われました」

業平も、三次郎から声をかけられることに抵抗はないようだ。

「なかなか、おもしろかったですね」

感情を交えず、業平が答える。

「おもしろい、とはいかなることですか」

「深川の芸者というものに、初めて会いました。噂には聞いてましたがね。深川が江戸城の辰巳《たつみ》の方角にあることから、辰巳芸者と呼ばれておるそうな。女だてらに羽織を着て、男の名を名乗る。お千は、千代吉と名乗っていました」

「よく、ご存じですね」

「藩邸に出入りする植木職人やら百姓から聞いたり、町をふらふら散策するうちに耳にしました」

「さすがは、好奇心旺盛《おうせい》な公家さままでです」

「いやはや、江戸はおもしろい。初めのうちはやたらと武家ばかりが目につき、往来を闊歩《かっぽ》する様子にげんなりしていたのですが、町人たちと接していると、興味深い話が聞ける。そもそも、辰巳芸者というのも、いかにも徳川さんらしい建前やな。ようするにあれやろ、公儀としては、深川に芸者など認めておらん。ほんでも、実際、ぎょうさんおって賑《にぎ》わっている。男と女がいれば、そこにはぎょうさんの銭金が落ちる。公儀の役人も出入りしてるのやろ。せやから、芸者はおらん、給仕をするのは男や、ということで羽織を着せ、男の名で座敷に出ておるというわけや。いかにも、建前やな」

　そこまで言って、業平はけたけたと笑った。

　あわてて三次郎は周囲をうかがう。いくらなんでも、白昼堂々《はくちゅうどうどう》、幕府の政道《せいどう》を非難されてはたまらない。だが、幸いにも、まわりには誰もいなかった。

　業平はそんな三次郎の苦労も気にかけず、

「ま、そうは言っても、世の中そんなもんや。朝廷かて、徳川さんのこと言われたもんやない。いや、御所の儀礼たら典礼たら、建前づくしで堅苦しいこと関東の比やないわ」

自分で言っておいてなにがおかしいのか、業平は笑い声を放った。

「では、常陸屋に戻りますか」

「それもええが、その前にもう一度、業平橋を検分せんとな」

「あれは、十分に見たのですが」

だが、業平に声は届かず、すたすたと早足で歩いていった。

白雪を踏む業平の沓音《くつおと》が、きゅっきゅっと軽快に鳴り響く。

「ま、待ってください」

雪に足を取られながら、三次郎の雪駄《せった》は、やっとの思いでついていった。


行き交う者たちの足や雪かきによって、お蔦の流した血はすでに拭いさられている。業平橋は、お蔦の死などなかったかのような日常の風景となっていた。

「このあたりでしたね」

業平が立ったのは、橋のちょうど真ん中である。三次郎も横に立ち、

「検死の結果では、喉を抉られたほか、傷はありませんでした」

「下手人はどんな刃物を使ったのですか」

「大刀や匕首《あいくち》ではない。もっと、切っ先の大きなもの……たとえば包丁ではないかと」

「包丁……では、そうとして、その包丁は見つかっていませんね」

「下手人はお蔦の喉笛を刺し、そのまま持ち去ったのでしょう」

「こんなところに包丁なんか持ってくる者はおらんのやから、下手人は、お蔦を殺すつもりでこの橋にやってきたということか……」

業平は首をひねった。

「どうされました。わたしもその考えのとおりだと思いますが」

「在原業平所縁《ゆかり》の橋を穢《けが》したわけや」

業平の目には、心なしか憎悪の炎が立ちのぼっている気がする。

それに対して、三次郎には返す言葉がない。たしかに、ただの橋と言えばそれまでだが、業平にしてみれば、在原業平に憧れて東国にくだってきたのだ。

しかも、さまざまな思いを馳せたであろうこの橋で、陰惨《いんさん》な事件が起きた。怒りで胸が焦がされているのかもしれない。

「江戸の町人のなかに、在原業平を思う心を持つ者など、それほどはいないでしよう。しかし、天下の往来を穢す者は許すことできません」

精いっぱい三次郎なりに調子を合わせるが、業平はそれには答えず、橋の欄干《らんかん》に沿って歩きだした。

「あの」

声をかけたが、相変わらず業平は無視である。しかたなく、三次郎も一緒に歩いていくと、突然、業平が歩みを止めた。

「いかがされましたか」

「ここ」

業平が欄干の一箇所を指差した。

「どこですか」

「ここです」

やや不機嫌に語調を強める。

よく見ると、欄干がわずかに傷つき、はがれていた。なにかがぶつかって、削《けず》り取られたようだ。

「これがどうかなさったのですか」

「気になりませんか」

そう言われても、三次郎は当惑するばかりである。正直、そんなに大騒ぎするようなことには思えない。

「新しいですね」

言われてみれば、そんな気もする。

「お蔦が殺された場所とは、横一文字につながります」

業平が視線を転じた。たしかに、お蔦が倒れていたところと線で結ばれる。間合いは三間ほどだ。

「この傷が、お蔦殺しとかかわりがあるとお考えなのですか」

業平はそれには答えず、

「川の中をさらいなさい」

「ええ？」

「川の中をさらうのです」

「はあ……」

言っている意味がわからない。

「早く、さらいなさい」

ともあれ、業平の強い調子に逆らうことはできない。

「この川をですか」

寒空の下、川の水は身を切られるほどに冷たいだろう。そんな思いが、態度に出てしまったようだ。

「なにも大川をさらえとは言ってませんよ」

「はあ、ですが……どうしてですか」

業平が焦れたように眉をしかめたとき、

「旦那」

と、寅吉がやってきた。

――しめた。

寅吉にやらせようという邪心《じゃしん》が芽生えたとき、

「そうだ。ふたりでやったほうが早い」

業平はけろっと言い添えた。

なんのことかわからず、寅吉はぼおっとしている。

「さあ、早くなさい」

業平の命令口調がますます厳しくなり、もはや、有無を言わせぬ態度だ。

「わかりました」

己《おのれ》に言い聞かせるようにつぶやくと、寅吉をうながして橋をおりていった。

六

「どうしたんですよ」

寅吉が不満顔を向けてくる。

「話はあとだ。それよりあの男はなんだ」

業平に対する不満を寅吉にぶつけながら、河岸に立ち、荷船にしばらく通行しないよう声をかけた。当然、船頭から不満の声が聞こえ、

「お上の御用である」

半刻だけだ、と言い添えたが、それで不満がなくなるものでもないだろう。こうなったら水戸家のせいにしよう、と決意したとき、寅吉が目をむき、

「うるせえ。こっちだってな、この寒いのに好きで川をさらうわけじゃねえんだ。つべこべ言うんだったら、おまえらも手伝え」

その声を聞きつけたのか、橋の上から業平が、

「そうですね。みんなでやったほうが早いですよ」

と、こともなげに言う。船頭たちは、橋の上から指示をする妙な男をぼんやりと見ていたが、

「ほら、やるぞ」

寅吉にうながされ、結局、船を河岸に寄せた。

「やるか」

思いきって、三次郎は着物の裾《すそ》をまくりあげ、川に入った。冷たさが全身を貫く。固まった身体のまま、

「どの辺です」

と、首だけ動かして業平を見あげた。

「この下あたりです」

業平はいたって冷静に指図する。

「さあ、探せ」

寅吉が船頭たちを励ましたのを機に、三次郎は膝の上まで水に浸《つか》り、川底に手を突っこんだ。もはや、感覚がなくなっている。

「なにを探すんですかい」

船頭たちも声を震わせながら入ってきた。

すかさず寅吉が、

「財布に決まっているだろ」

「いくら入っているんです」

「十両はかてえぜ」

そう返事をしたが、そういえば、なにを探すか聞いていない。

「なにを探すんです？」

三次郎が見あげたとき、

「なんだ、これ」

船頭のひとりが、川底から刃物を持ちあげた。

それは、鈍い輝きを放つ包丁だった。川の水で血は流されていたが、それでも切っ先には血糊《ちのり》が薄っすらと残っている。

――まさか、お蔦を殺した包丁か。

「けっ、物騒なもんを捨てる奴がいるんだな」

寅吉が吐き捨てるように言うと、

「それです」

業平の声は今日の青空同様、じつに晴れ晴れとしていた。

「ええ、これですか」

顔をしかめる寅吉をよそに、胸が高鳴った三次郎は、船頭から包丁を渡してもらおうと右手を差しだした。

「それがね、旦那」

船頭が困った顔になった。

「どうしたんだ」

「これですよ」

手にした包丁の柄《え》には紐が結ばれていて、その先には、拳大《こぶしだい》の石がくくりつけられていた。

「なんだ、これ」

寅吉が首をひねる。

「早く持ってきてください」

業平の声に急《せ》かされ、三次郎が包丁の柄に結ばれた紐を解こうとすると、

「そのままです。そのまま持ってくるのです」

ともかく、思ったよりも早く終わってよかった。河岸にあがった三次郎は、震えながら安堵《あんど》の息をつく。

「霜焼《しもや》けになっちまうぜ」

　寅吉はぶつぶつと小さな声で、不満を並べていた。

　石ころつきの包丁を渡すと、業平は橋の欄干に行って、包丁の柄と欄干の傷を見くらべた。

　やはり、お蔦の喉を抉った包丁のようである。そう思うと、薄っすらと残った血糊が、あたかもお蔦の無念を伝えているように見えた。

　ここに至って、三次郎にもようやく業平の考えが理解できた。

「包丁は、紐で結んだ石の重みで橋の下に落ちたんですか」

「そうです」

「すると、下手人はお蔦を刺して、包丁を橋の下に……」

　自分で言いながら、疑問が胸をよぎる。案の定、業平も、

「下手人がそんなことをするはずありませんよ。そんな面倒なことをしなくても、川に捨てればいいんですからね」

「ということは」

　三次郎の胸がますます高鳴った。

「そうです。お蔦が自分の首を突き、石を結わえた包丁を川に落としたんです」

「なんのために」

「自分を殺した下手人を、お千だと思わせるためでしょうね」

こんなときでも、業平は和歌でもひねるような落ち着きぶりだ。

「なら、お蔦は自害ってこってすか」

いつの間にかやってきた寅吉が言った。三次郎も重ねるように尋ねる。

「そういうことなんですか」

「そういうことです」

ふたりの問いかけに、業平はさも当然だと言わんばかりの物言いである。

「これからどうしましょう」

つい、業平の指示を仰《あお》いでしまった。

「常陸屋に行きましょうか」

三次郎の返事を待たず、業平は歩きだした。三次郎もついていこうとするが、ついっと寅吉に着物の袖を引っ張られ、

「どうしたんですかい、あの神主さま」

と、業平を目で指した。

「それがな……」

　十分に間合いを取って歩きながら、三次郎はこれまでの経緯《いきさつ》を説明した。業平が清兵衛とお千を取り調べた話を聞くと、寅吉は感心したようにうなずいた。

「あの神主さま、なかなか探索慣れしてらっしゃるじゃありませんか」

「神主ではない。従三位中納言さまだ。お公家さまだぞ」

「お公家さま……ああ、京都にいて、麿は満足じゃぞよ、ってなこと言ってるやつですね」

「そういうことだ」

「そんなお偉い公家さまのお守りとは、旦那、またも貧乏くじを引きましたね」

　寅吉が肩を揺すって笑った。

「ああ、おれは、どうせ損次郎だよ」

と、言ったときに、

「わとそん」

　業平が振り返った。業平はわとさんと言ったのだろうが、損次郎と口にしたためか、どうにも、わと損と聞こえてしまう。

「は、はい」

　思わず背筋を伸ばす。

「常陸屋はどちらですか」

「ああ、そうでしたね」

三次郎が返事をしたところで、

「こっちですよ。磨の旦那」

寅吉が気さくに声をかける。

「馬鹿、無礼者」

はらはらする三次郎をよそに、

「かまいませんよ。おまえ、寅吉といったね。なかなかおもしろいではないか」

「へへへ、こいつは、お誉《ほ》めにあずかって光栄でございます。磨の旦那」

そんな調子のいいことを言いながら、寅吉は横丁に入っていった。

すぐ右手に、常陸屋の暖簾《のれん》が風に揺れている。屋根看板には、元禄二年創業、水戸徳川家御用達、の文字が入っていた。

寅吉が暖簾をくぐり、

「ごめんよ」

と、大声を発した。奉公人や客の視線が集まり、年配の男がやってきて、番頭の定吉だと名乗った。みなの視線をより集めたところで、寅吉が、

「みなの者、よく聞け。こちらにおわす飛鳥業平さまは、畏《おそ》れ多くも従三位中納言、やんごとなきお公家さまなるぞ」

と、見得《みえ》を切った。

みなが、きょとんとしているなか、

「こら、道を開けろ」

店の奥に向かって伸びる通り土間を、寅吉は奉公人や客をどかしながらずかずか進んでいく。

いっこうに気にしていない風の業平は、澄ました顔であとに続いた。ひとり三次郎は、赤らむ顔を伏せ、うつむき加減につき従う。

奥から清兵衛がやってきて、

「どうぞ、こちらへ」

と、三人を店の裏手へと導いた。

大きな土間があり、たくさんの蒸籠《せいろ》で饅頭が蒸され、湯気が立っている。土間の手前に小上がりとなった座敷があり、三人はそこに通された。

さっそく、清兵衛が茶と和菓子を振る舞った。濃いめの茶に、蒸した饅頭が添えられる。

「うまそうだな」

真っ先に手を伸ばそうとした寅吉を、三次郎が目で制した。寅吉があわてて伸ばした手を引っこめる。

「本日は、まことにご迷惑をおかけしました」

清兵衛が両手をついた。

「うむ。ここに来たのはほかでもない。下手人がわかったのだ」

心持ち自慢げに、三次郎が言った。

「それは、それは……」

清兵衛は、期待と驚きの入り混じった複雑な表情となった。

七

三次郎が目でうながすと、

「あれは、お蔦の自害でした」

こともなげに業平は言いきった。

「自害、でございますか」

清兵衛が目を白黒させる。突然、自害と告げられて、戸惑うのも当然だろう。寅吉が懐から、石ころつきの包丁を取りだした。清兵衛はぎょっとした表情となったが、包丁に視線を据えると、

「これは、うちの包丁ですね。お蔦は、この包丁で自害したのですか」

血糊が残った包丁を受け取り、しげしげと眺める。

「お蔦は、橋の上でみずからの喉を突き刺した……そして、自害ではなく、殺されたと見せかけるため、このように石ころを包丁の柄に結び、喉を突いてから包丁を川に沈めたのです」

業平の淡々《たんたん》とした物言いには説得力があり、清兵衛の胸に深く刻まれているようだ。

「そうですか。お蔦がそんなことを……」

清兵衛は声を震わせた。

「おそらく、お千に殺されたと見せかけたかったのでしょう。ですから、お千があなたに宛てた文を使って――」

そこで、業平は三次郎に向いた。三次郎が書付を取りだすと、清兵衛はそれを見て、

「この書付は、お千がお蔦を呼びだしたものではないのですか」

業平は首を横に振り、

「違います。お千があなたに宛てたものです。ここが切れていますね」

「そう言えば……」

「この切れた箇所に、あなたへの宛名があり、明日の明け六つと記してあったのです」

「なんのためにでございますか」

「あなたに別れ話をしたかったようです」

「そんな、まさか」

清兵衛は視線を彷徨《さまよ》わせた。

「お蔦はそれを利用しようとしました。あなたとお千のことで、お蔦は思い悩《なや》んでいたようですね」

「たしかにそうですが」

「お蔦はこの文を読んで、お千とあなたが自分を追いだすための計画を練るのだ、と勘繰ったのではないでしょうか」

「それで、自害したと」

「死をもって、あなたとお千に抗《あらが》ってみせたのでしょう」

「もしそれがまことなら、お蔦を殺したのは、わたしだ」

清兵衛が拳で畳を打った。

「でも、どうして、わたしに文が届かなかったのでしょう」

「文は、番頭の定吉があずかっていたと聞きましたが……」

業平が寅吉を振り返った。

「へい、定吉を呼んできます」

すばやく察した寅吉が、部屋を出ていく。

「わたしが悪いのか……」

その間も、清兵衛は自分を責める言葉を繰り返した。

「お呼びでございますか」

まもなく、定吉はおずおずと姿を見せた。いかにも実直そうな表情で、目をしばたたかせている。

「この文のことだが」

三次郎が、文を定吉に見せた。定吉はひと目見て両手をつき、

「申しわけございません」

「これを、お千からあずかったな」

「はい」

「どうして清兵衛に渡さなかったのだ」

「それは……」

定吉はうなだれている。

「どうして……どうして、わたしに届けてくれなかったんだい！」

声を荒らげた清兵衛に、定吉はようやく顔をあげ、

「女将さんに見つかったのです」

「どういうことだね」

「女将さんは、わたしが旦那さまとお千さんの連絡を取っていることを、ご存じでした。昨日の晩、あたしがお千さんの家から戻ってきたとき、女将さんに見つかってしまったのです。女将さんは、わたしの手に文が握られているのを見逃しませんでした」

「女の勘ってのは恐ろしいですね」

寅吉は肩をすくめて、そっとつぶやいた。

「女将さんは、わたしから取りあげた文をご覧になると、ものすごい形相でわた

しを睨んだのです」

「わたしに言ってくれればよかったのに」

清兵衛の非難はいささか的外《まとはず》れではあったが、甘んじて受け入れているのか、定吉はうなだれたままだ。

「女将さんは、この文のことを絶対、旦那に言うなって……それは厳しい口調で、口止めをなさったんです」

「だからって、黙っていることはないじゃないか」

清兵衛が、いかにも無念そうに言った。

「申しわけございません。すでに夜五つ半（午後九時）をまわっていて、旦那さまはお休みでした。ですから、翌朝、申しあげようと思っていたのです」

それでも、清兵衛はまだなにか言いたそうだったが、

「まさか、次の朝に、女将さんがあんなことになるなんて……」

自分を責めるように、拳で自分の頬《ほお》を打つ定吉を見て、気持ちも落ち着いたようだ。

「いや、すまなかったね。おまえにあたってしまったようだ」

「そんな……わたしが文を旦那さまにお見せしていれば――」

「違うよ。もとはと言えば、わたしがいけないんだ。わたしがお千を囲ったばっかりに、こんなことになってしまった。決して、おまえが悪いわけじゃない。むしろ、わたしとお千との間で、十分に気を使ってくれたよ」

「旦那さま」

定吉が声をあげて泣いた。

「お蔦は、よほど苦しんでいたんだね。そんなことすら、わたしはわからないでいた……夫としては失格だ。お蔦は、わたしが殺したも同然だよ」

「旦那さま……そう、ご自分を責めなすっちゃいけません」

「わたしは人としてなっていないね」

しんみりと言った清兵衛を励ますように、三次郎が、

「話はわかった。お蔦は自害だ。つらいだろうが、これからも常陸屋の暖簾《のれん》をしっかり守ることが、清兵衛、おまえの務めだぞ」

真っ赤な目をした定吉が、顔をくしゃくしゃにしながら、

「そうですよ。女将さんも、常陸屋を託《たく》してあの世に旅立たれたんですから、しっかりと店の切り盛りをなすってください」

「そうだね。だけど、こう言ってはなんだが、帳面をひっくり返すことからしな

くちゃね。お千を囲ったことがお蔦に見つかってから、店の帳面は、すべてお蔦が見ていたから……」

「わたしも及ばずながら、お手伝いさせていただきますので」

清兵衛と定吉は、お蔦の死を乗り越えようとしている。もはや、こちらにできることはなにもない。

「ならば、これで失礼するぞ」

三次郎が腰をあげた。業平のほうを見ると、ぼおっとして腰を据《す》えたままである。

「磨の旦那」

寅吉の呼びかけで、業平はようやく我に返ったように背筋をぴんと伸ばすと、

「拝借」

畳に置いてある石ころつきの包丁を取りあげた。次いで、それを持ったまま部屋をすたすたと出ていってしまう。

「飛鳥殿」

「磨の旦那」

あわてて、三次郎と寅吉は追いかけた。

ふたりして声をかけるが、例によって業平の耳には入らないのか、そのまま常陸屋を飛びだしていった。

三次郎と寅吉が、顔を見あわせる。

「どうしたのだ?」

「お公家さまのなさることはわかりませんや」

言いながら、ふたりは土間から店を出た。

――と。

「おい、てめえ」

寅吉が、店の前でひとりの男を呼び止めた。

「これは親分……」

男は寅吉にぺこぺこと頭をさげた。寅吉は三次郎に、

「先に行っててください。おれぁ、こいつに話がありますんで」

恐い顔をして、寅吉は男を引っ張っていった。

一瞬、このまま帰ろうかとも思ったが、さすがに業平を放ってはおけず、往来の向こうに見えた後ろ姿を追いかけた。

やがて、業平の足は、業平橋の上でぴたりと止まった。

「飛鳥殿、いったい、どうされたのです。あんまり驚かせないでくださいよ」

三次郎の真っ白い息が、川風に流れ消えていく。

「わたしは間違いを犯していました」

抑揚《よくよう》のない落ち着いた物言いで、業平がつぶやいた。

「どうされたのです」

わけがわからない。

「これです」

業平が、石ころを欄干から垂らした。

石ころは川に沈んだ。

次いで、包丁の手を離す。包丁は石に引っ張られるようにして欄干にぶつかり、そのまま欄干に引っかかって宙《ちゅう》ぶらりんとなった。

八

「これが、どうかなすったのですか。まさか、宙ぶらりんになったから、包丁は川に落ちないとでも？　しかし、これはたまたまかもしれませんよ。お蔦がやったときには、うまくいったのかもしれない。決して、お蔦の自害を否定するものではないでしょう」

三次郎は早口にまくしたてた。しかし、業平は三次郎の反論にはかまわず、至って落ち着いた様子で、

「そうではありません。これですよ」

と、欄干に視線を落とした。三次郎もつられたように視線を向ける。

「ですから、包丁が川に落ちなかったのは……」

「そうやないがな」

業平が京言葉で遮った。三次郎は黙って、もう一度、欄干を見る。

「欄干の傷やがな。よう、見なはれ」

視線を凝《こ》らしてみると、業平が石ころを落としたことによって、かすかに傷痕が残っている。

だがそれは、そう思って見ないと見つからないほどに、かすかなものであった。

「……前の傷とは大違いですね」

「そうです。さきほど見つけたような、大きな傷はつきません」

「どういうことですか」

「お蔦は、自害したのではないということです」

「誰かがお蔦の喉を刺し、自害と見せかけるために、あのような細工をしたということですか」

「やっとわかったようですね」

「すみません」

「謝ることではないです」

「では、いったい誰が……」

三次郎があらためて問いかけたところで、寅吉が戻ってきた。

「ああ、やっぱりここだった……すいません。いまこのあたりの賭場の取り立てをやっている、一平《いっぺい》ってやくざ者に灸《きゅう》を据えてきたんですよ。あまり、おおっぴらにやるんじゃねえって」

聞かれもしないのに、寅吉はまくしたててから、

「どうしたんです」

業平と三次郎の顔を交互に見た。

「飛鳥殿が、お蔦は自害ではないと見破られたのだ」

「なんですって」

寅吉は驚いたようだったが、それでもすぐに表情を落ち着かせ、

「じつはね、あっしも一平の奴から、ちょいとおもしろい話を聞いたんですよ」

すると業平が、

「その一平というやくざ者は、番頭の定吉の取り立てにきたのではないですか」

「え？　どうしてご存じなんです」

寅吉は目をむいた。

「勘です。ただ、つながりはありました。お千の話を思いだしてください」

そう言って三次郎の顔を見るが、三次郎としては黙ってうなずき返すことしかできない。

「お千は昨日の夕刻に、文を定吉に渡したと申しておりました。ところが、定吉の話では、文がお蔦に見つかったのは昨日の晩の五つ半。清兵衛は寝ていたということでした。ということは、その間、定吉はなにをしていたのでしょう」

「それで一平の賭場にいたと」

「そう考えてもいいのではありませんか」

そこで三次郎は寅吉に向き直り、

「一平の賭場はどこにある」

「常陸屋から一町ほど行った法庄寺《ほうしょうじ》です」

その言葉を受け、業平が続けた。

「定吉は、お蔦が自害したと聞いても驚きませんでした。ほかのやりとりでは、おおげさなくらいに気持ちを表に出していた男が、です」

「こらぁ、たしかにくせえな」

寅吉がうなった。三次郎が考えこみながら、

「もしかすると、定吉は賭場で借金を作り、それを常陸屋の金で埋めあわせようと……」

「おそらくはそんなところでしょう。清兵衛がお千を囲って以来、お蔦が帳面を握っているということでした。定吉が店の金に手をつけたことを、お蔦に気づかれたのかもしれません」

「それで、定吉はお千の文を利用して、お蔦を業平橋におびき寄せた……」

「ええ。お蔦にしてみれば、お千と清兵衛が話しあうところを取り押さえたいと思ったことでしょう。そうして、やってきたお蔦を、定吉は包丁で刺し、石ころの細工を施《ほどこ》してから包丁を川底に沈めた……」

「でも、包丁が見つからなかった場合は？」

「大横川は、多くの荷船が行き交っています。遠からず、包丁は見つかったでしょう。そうすれば、石が結ばれていることと欄干の傷から、いずれお蔦の死と結びつけられたはず……つまり、自害と」

「すぐにお縄にしますか」

話を聞き終わったとたん、勇《いさ》む寅吉に、

「だが、証《あかし》がない」

三次郎が首を横に振った。そこで、業平がにやりとして、

「寅吉、一平を抱きこみなさい」

「合点だ」

寅吉は一目散《いちもくさん》に駆けだしていった。


その晩のこと。

三次郎と寅吉は、常陸屋の裏木戸にひそんでいた。

降り積もった雪はすでに溶けていて、足元が悪い。おまけに、夜風を遮るものがなく、いちだんと寒さが厳しい。

ふたりして凍えていると、裏庭から人の話し声が聞こえた。

「ほら、これでいいだろう」

声の主は定吉だ。もうひとりは、賭場のやくざ者一平である。

「まだ足りねえな。あと二十両だ」

一平が言う。

「もう少し待ってくれ」

「そんなこと言って、工面《くめん》できるのかよ」

「大丈夫だ。女将さんが死んで、うるさいのがいなくなった。旦那さまは、店の勘定なんかわかりゃしない。なんとでもなるさ」

「そうですかい。なら、また賭場でお待ちしてますよ」

「ああ、明日にでも行くさ」

定吉が言ったとき、三次郎と寅吉は立ちあがった。

月明かりに照らされたふたりを見て、定吉が言葉にならない妙な声を発する。

「ぼろを出しやがったな」

寅吉が十手を掲げ、三次郎が厳しい声音《こわね》で、

「定吉、お蔦殺しの科《とが》により捕縛する」

「そんな……わたしはなにも」

「往生際が悪いぜ」

寅吉が凄《すご》むと、

「違います。どうか、信じてください」

定吉は両手をついた。

「立ちやがれ」と寅吉が、かがんだ瞬間――。

勢いよく立ちあがった定吉が、脱兎《だっと》のごとく走りだした。

不意をつかれた三次郎と寅吉は、すぐに気を取り直し、あとを追う。

だが、雪でぬかるんだ道は、追跡には不向きなことこのうえない。一町ほども走ったところで、定吉は闇に呑まれ、完全に見失ってしまった。

「畜生」

寅吉が舌打ちをしたとき、

「ぎゃああ」

闇の中から、定吉らしき悲鳴があがった。

ふたりが駆け寄ってみると、尻餅《しりもち》をついた定吉の前に、業平が立っている。

業平は、腰に太刀を提《さ》げていた。柄は真っ白、鞘には金の装飾が施《ほどこ》されている。

定吉の髷《まげ》が、ばっさりと切られていた。

それを見ただけでも、業平の剣の腕がわかるというものだ。

すっかり怖気《おぞけ》を震った定吉は、観念したのか、お蔦殺しをぺらぺらと白状しはじめた。

ほぼ、業平の推量どおりだったが、少しだけ違ったのは、定吉がお蔦を殺した理由である。

たしかに、定吉の使いこみはお蔦に感づかれていたようだが、それだけではなかった。お千と清兵衛の使いをしている定吉を、日頃からお蔦は疎《うと》ましく思っていたらしく、なにかとつらくあたっていたらしい。

殺しの裏には、日々、積もりに積もった恨みもあったということだ。

寅吉が定吉に縄を打つ間、三次郎は、気になったことをふと業平に尋ねてみた。

「剣の修行もされたのですか」

「鬼一法眼《きいちほうげん》を始祖とする京八流《きょうはちりゅう》という剣がありまして、その流れを汲む鞍馬流《くらまりゅう》を少々。源　義経《みなもとのよしつね》さんが修行したとされる剣法です」

さらりと言ってのけると、業平はその場から歩き去っていった。泥混じりの雪を踏みしめる業平の沓《くつ》の音が、耳に残った。

「不思議なお方だ」

太刀を振るう業平の姿を見逃したのが、なんだか悔やまれる気がする。

「見たかったですね。麿の旦那の剣さばき」

三次郎の心のうちを察したように、寅吉が言った。

三次郎は生返事をしたが、

――いつか見られる機会が訪れるのではないか。

という不思議な予感にとらわれていた。

それは、飛鳥業平という高貴な、そして妙な男とのかかわりが、今後も続くことを意味するのだが……。

三次郎の脳裏《のうり》に、「わとさん」と呼びかける業平の声が響き渡っていた。

第二話　家主の依頼

一

二月二日、節分《せつぶん》である。

雅恵の出産も間近となり、産婆の見立てでは、梅が咲くころだという。

舅の木村惣右衛門などは「梅のころに産め」などと下手《へた》な洒落を言っては、嬉しそうに笑っている。孫が生まれることで、いささかはしゃいでいるのだろう。

とはいえ、和藤田三次郎も同じように我が子の誕生が待ち遠しく、胸躍る気持ちで出仕した。

南町奉行所は、数寄屋橋《すきやばし》御門内にある。

出仕すると、まずは長屋門を入ってすぐ右手にある、同心詰所に顔を出す。

土間に縁台が並べられただけの殺風景な空間ながら、定町廻りや臨時廻《りんじまわ》りを務める同心たちの溜まり場となっていた。

三次郎が足を踏み入れたとたん、声がかかった。

「おう、損次郎、子どもは産まれたか」

同僚の荒川小平太《あらかわこへいた》である。

歳は三次郎と同じ、二十八歳。細面《ほそおもて》で切れ長の目が、一見、神経質そうな印象を与えるが、その実は、かなり大雑把《おおざっぱ》な男である。

相手の気持ちを斟酌《しんしゃく》せず、ずけずけと物を言うところがあった。そもそも、三次郎を「損次郎」などと呼びだしたのも、この荒川である。

「いや、まだだ」

「なんだその陰気な顔は。ああ、おまえ、心配なんだろ。初めての子だもんな」

朝っぱらから荒川相手に世間話などしたくはないが、荒川は容赦《ようしゃ》なく踏みこんでくる。相手が同僚とあっては無視するわけにもいかず、

「おまえのところも、この春に産まれるのだろう」

「ああ、来月だ。おれんとこは、もう四人、産んでるからな。なあんにも心配していないよ」

それを示すように、荒川がひとしきり笑ってから、

「ああ、そうだ。村上さまが呼んでたぞ」

村上とは、筆頭同心の村上勝蔵《むらかみかつぞう》である。それを早く言え、と内心でつぶやきながら詰所内を見まわしたが、村上の姿はない。

「どこだ」

「はて、どこだったかな」

荒川は無責任に周囲に確認した。小者《こもの》から、「使者の間ですよ」と返され、

「使者の間だ。お待ちだから急げよ」

——急げもなにも、無駄話をしてきたのはおまえではないか。

むっとして詰所を出ようとした三次郎の出鼻《でばな》を挫《くじ》くように、

「なにかしでかしたのか」

荒川が無神経にも問いを重ねる。筆頭同心から呼びだされたからといって、叱責を受けると決めつけられるのは、いかにも心外である。

「そんなことはない」

振り返って言うと、

「ならば、またなにか厄介事を引き受けさせられるんじゃないか、損次郎殿」

これ以上、相手にしても時間の無駄であろう。荒川の言葉を聞き流しながら、

三次郎は詰所を出た。

とはいえ、荒川に言われたからではないが、

——いったい、何事であろう。

という思いが胸をつく。

村上がわざわざ自分を呼びだすとは、普通ではない。しかも詰所ではなく、使者の間なのだ。なにか、特別な役目を与えられるのだろうか。

——それとも、厄介な役目か……。

さまざまなことが脳裏をめぐり、長屋門から奉行所の建屋に続く石畳を歩いた。石畳に、蕾《つぼみ》となった梅の木々が影を落としている。それが、なんとなく不安を感じさせた。不安と緊張をはらみながら、使者の間の襖の前に座り、落ち着け、と己《おのれ》に言い聞かせた。

「和藤田です」

すぐに、

「入れ」

村上の太い声が返される。声の調子からは、村上の機嫌はわからない。

使者の間を使っているということは、来客がいるのだろう。その客の手前、気

持ちを抑えているのかもしれない。

三次郎がうつむき加減に部屋に入ると、村上に手招きをされた。自分の横に座れということだろう。

村上は四十なかば。痩せて華奢《きやしゃ》だが、浅黒く日に焼け、いかにも練達《れんたつ》の同心を思わせる。

村上の横に座って視線を転ずると、床の間を背負って、身形《みなり》のいい侍が座っていた。

なんと、水戸徳川家用人、津坂兵部である。

「和藤田、津坂さまを存じておるな」

村上の問いにうなずき、津坂にあらためて頭をさげた。津坂がやってきたということは……。

——あの妙な男。従三位権中納言、飛鳥業平とかかわりがあるのか。

「和藤田殿、先日はお手間をおかけしましたな」

津坂は慇懃《いんぎん》に話しはじめた。

「あ、いえ、その」

業平のことを思いだすと、つい舌がもつれてしまう。

すかさず村上が助け舟を出し、

「こちらこそ、飛鳥中納言さまにお手助けいただき、事件を落着できました。あらためて感謝申しあげます」

村上が頭をさげるのにあわせ、三次郎も米搗《こめつ》き飛蝗《ばった》にように何度も頭をさげる。

「飛鳥卿もいたく喜んでおられた」

津坂が鷹揚《おうよう》に答えた。

すると、今日はその礼ということか。あるいは、業平が京都に帰るということを報せにきたのか。

しかし、津坂の言葉は、三次郎の予想を裏切るものであった。

「このたび、飛鳥卿は当家の屋敷を出て、町家にお住みになられることとなった」

——なんだと？

京都に帰るどころではない。江戸の市井《しせい》で暮らすというのだ。

だが一方で、三次郎にとっては、それほど意外なことではなかった。

この前の業平の言動を思えば、遠からずこんなことになるのではないかという予感が心のどこかにあったからだ。

「さんざん、お止めしたのだがな……なにせ、あのご気性ゆえ、われらの言葉など耳には入らぬ」

さも困ったように、津坂は腕を組んだ。

「水戸さまもご了承なさったのですか」

三次郎が問うと、

「渋々《しぶしぶ》じゃ。飛鳥卿に臍《へそ》を曲げられ、大日本史の編纂《へんさん》事業に差し障りがあってはならんとのお考えからじゃ」

「なるほど……それで、どちらにお住まいになられるのですか」

町廻りの途中、一度くらいは顔を出してみようと思った。

「本所中之郷竹町《たけちょう》だ」

「吾妻橋の近くですね。やはり、在原業平を慕《した》ってということですかね」

「それもあるが……ちょうど中之郷竹町には、当家出入りの酒問屋の家があってな。昨年の年末まで、奉公人たちを住まわせておったらしいのだが、別に長屋を建てたので空き家となったのだ。飛鳥卿は、そこに住まわれるらしい。もちろん、当家の負担で、飛鳥卿がお暮らしできるよう修繕を施したが」

「津坂さまも気苦労が絶えませんね」

三次郎の慰《なぐさ》めの言葉を軽く聞き流し、津坂は村上を見た。村上はひとつうなずくと、三次郎のほうに向き、

「飛鳥中納言さまは、江戸の町をたいそうお気に召したようだ。お暮らし向きは、水戸さまが万全を期せられるゆえ、不自由はないだろう。だが、おひとりでお住みになられるのは、いささか心配だ。もちろん、身分を隠してお住まいになられるのだが、いつなんどき、不逞《ふてい》の輩《やから》がお住まいを侵《おか》すともかぎらん。それにこのところなりをひそめておるが、本所界隈《かいわい》では立て続けに辻斬《つじぎ》りが起きておる」

「夜鷹《よたか》ばかりが狙われている、あの事件ですね。下手人は、いまだ捕まっておらぬとのこと」

「いまのところ斬られているのは夜鷹ばかりだが、万が一ということもある……そこで、だ。おまえ、中納言さま掛《かかり》になれ」

三次郎の頭の中が真っ白になった。村上の言っている意味がわからない。

「はあ……掛、でございますか」

「中納言さま掛になれ、と申しておる」

「それは、いかなることでございますか」

「中納言さまのお身のまわりに目配りをする役目だ。むろん、食事や掃除などは、

通いの下働きがおこなう。おまえは、もっぱらご身辺をお守りすればよい」

すればよい、と言われても、突然のことで困惑するばかりだ。

「畏れながら、ご身辺の護衛ということであれば、水戸さまがなさるのが筋かと思いますが……」

上目遣いに津坂を見ると、見事に表情を消していた。

抑揚《よくよう》のない口調で、

「むろん、飛鳥卿には申し入れた。しかるに飛鳥卿は、ものものしい警護などは無用、それでは江戸の市井《しせい》に暮らす意味がない、とおおせなのじゃ。しかし、そういうわけにもいかず、どうしても警護が必要だと強く主張したところ……」

そこで津坂はいったん言葉を切り、

「それならば南町奉行所の、わとさんを、と指名されたのじゃ。和藤田殿、飛鳥卿のたってのご指名じゃ。名誉なこと、このうえないぞ」

そう聞いた瞬間、三次郎の脳裏《のうり》に、自分を呼ぶ業平の声がこだました。「和藤田です」と繰り返しても、わとさん、としつこく呼びかけてくる。

「水戸中納言さまもそれをお聞きになられ、御奉行に直々《じきじき》にご要請されたのだ。よいか、天下の副将軍、水戸中納言斉昭さまのお耳に、おまえの名が達したのだぞ。幕臣としてこんな名誉なことはあるまい。まさに、末代までの名誉」

言っているうちに、村上は興奮で顔を火照《ほて》らせている。

「御奉行もご承知になられたのですか」

「あたりまえではないか。もう一度申すが、八丁堀同心として大変な名誉じゃ」

「そうでしょうか」

うっかり不満とも取れる言葉を、滑《すべ》らせてしまった。村上は目をつりあげ、

「おぬし、それでも御公儀から十手をあずけられておる身か」

十手をあずかっているのは関係ないと思うのだが、さすがにそれを口に出す勇気はない。津坂がとりなすように、

「そうそう、飛鳥卿は、貴殿が使っておる岡っ引きのことも、いたくお気に召したようじゃ」

「寅吉ですか」

「ああ、そのように申しておったのう」

――あんなやくざ者を。

と、声には出さず、内心で苦笑した。いずれ業平の気まぐれだろうが、ああいうやくざな男を気に入るのも、わからなくはない。あれこそまさに、江戸の町人

のおもしろさと言えるかもしれないのだ。

「そうまで気に入られてはな。断るわけにもいくまい」

村上は、是が非でも三次郎に承諾させようと思っているのだろう。若干《じゃっかん》、無理やりな笑顔を送ってくる。

おそらく、水戸家からの要請は、内心では迷惑このうえないと思っているに違いない。中納言などという高貴な人間を守るなど、厄介な仕事である。誰にやらせるか頭を悩ませるところだが、幸か不幸か、三次郎が指名された。

村上にとっては、渡りに船だったに違いない。

「大変な名誉でございます」

こうなってしまえば、三次郎とて、そう答えざるをえない。

津坂も表情をゆるめ、

「むろん、当家とて、まかせきりにはしない。夜廻りなどはするつもりじゃ。貴殿は、昼間、飛鳥卿のお相手をしてくだされ」

なんだか、これでは子どものお守りである。

――また、貧乏くじか。

業平の相手をするとなれば、捕物出役も罪人探索もおこなえないだろう。

つまり、手柄《てがら》を立てられないということだ。雅恵の出産を控え、手柄を立てようと張りきっていたのに、それも叶わなくなった。

――よう、損次郎。

荒川をはじめとする同僚たちの蔑《さげず》みの声が聞こえてくるようだ。

――ええい、笑わば笑え。

貧乏くじかどうかは、気の持ちようだ。

それに、飛鳥業平という公家に興味を引かれているのも事実である。

およそ、三次郎がこれまでに遭《あ》ったことのない人間だ。

高貴な身だからなのかはわからないが、自分やまわりの者とは、あきらかにものの見方が違う。一緒に行動していたときは、驚きの連続だった。

それに、あの鋭い観察眼と、それに基づいた推量……さらには、頭でっかちではない大胆な行動。

八丁堀同心として、学ぶ点がおおいにあるような気がする。

――そう思うことにしよう。

「それで、中納言さまはいつまで江戸に滞在なさるのですか」

ふと尋ねた三次郎の問いに、

「わからん」

と、津坂は首をひねってつぶやいた。

二

「ともかく、和藤田殿、よろしく頼みましたぞ。なにかあったら、いつなりとわたしを訪ねてくだされ。それからこれを」

津坂は懐から、紙包みをふたつ取りだした。ひとつを村上に差しだし、ひとつを三次郎に渡す。

「どうぞ、おおさめくだされ」

「お心遣いありがとうございます。ありがたく頂戴します」

村上が両手で持ちあげ、押しいただくようにして懐におさめた。

ためらう三次郎に、

「いただいておけ」

「ですが、他の者も……」

「それは気遣い無用だ。これを、みなに分け与える。おまえの分は、中納言さまの掛《かかり》なのだから、その手当てと思え」

村上の言葉は正直、ありがたい。出産を控え、なにかと入用である。

津坂はにんまりとして、

「和藤田殿、今月にお子が産まれるそうではないか」

「いかにも、よくご存じで」

つい、笑みがこぼれた。

「飛鳥卿がおっしゃっていたのだ。それで飛鳥卿は、ぜひともわとさんに金子《きんす》を与えてくれ、と申されてな」

「中納言さまが覚えていてくださったのですか」

現金なもので、わとさん、と呼ばれても、まったく気にならない。そう言えば、業平と初めて会ったとき、瞬時に雅恵が出産間近であることを見破られた。

「それほど、飛鳥卿は和藤田殿をお気に召しておられるのだ」

「よかったのう」

村上も満面の笑みである。

こうなってくると、貧乏くじばかりでもないような気になった。

「では、よろしくな」

津坂の姿が見えなくなったところで、村上は懐に入れた紙包みを取りだして開いた。

「ほう、二十両ある。さすがは水戸さまだ。これは、われらの探索に役立てるとするか」

役立てるもなにも、自分たちの飲み食いに使うだけだろう。

村上が、流し目を送ってくる。おまえはいくらもらったのだ、という意味だ。

三次郎がおもむろに紙包みを開くと、小判の山吹色《やまぶきいろ》の輝きが心地よく目に染みた。

「五両でございます」

「五両か」

なにか算段するように、村上が天井を見あげた。それから、自分がもらった二十両に視線を落とし、

「このなかから、荒川には二両と二分をやろう。あいつも来月に五人目が生まれるからな」

それには、三次郎は答えないでいた。

つまり、五両の半分、二両二分が、業平の掛となった三次郎の手当てというこ

とだろう。別段、村上の措置を不満には思わない。

同心は、単独で役目を果たせるわけではなく、みなで力を合わせなければいけないのだ。

「その飛鳥中納言さまがどのようなお方かは知らぬが……しかと頼むぞ」

「おまかせください」

「ならば、本日、これよりさっそく出向け」

「これからですか……」

「あたりまえだ。明日からは、中納言さまのお宅に直接、出向け。奉行所に顔を出さなくてもよいぞ」

ことなげに言ってから、村上は、はたと膝を打ち、

「いや、それでは、さすがにまずいな。五日に一度は顔出しをしろ。もちろん、なにか異変が起きた場合は、即座に連絡するのじゃぞ」

「承知しました」

なんとなく、自分だけが仲間外れにされたような気になった。それが顔に出たのだろう。

「おい、どうした、気を落とすな」

「べつに気を落としてなどおりません」

「ならばよいが。今回のことは、大事なお役目だぞ。中納言さまが無事、京都へ旅立たれるとき、おまえはきっと御奉行から感状と報奨金を賜《たまわ》ることになる」

「そうなればよいのですが……」

「そうなるよう、わしが責任をもって取りはからおう」

励ますように、村上が三次郎の肩を叩いた。そのわざとらしい態度で、かえって不安が募《つの》っていく。

「わたしの留守中に、大きな事件などが起きたらいかがしましょう」

「それは心配ない。こちらでなんとかする」

つまりは、おまえなんかあてにしていない、ということか。つい、ひねくれた気持ちを抱いてしまう。

「もちろん、おまえの力が必要になったときには呼び寄せる。心配するな」

「たしかでございますか」

このまま、定町廻りを外されるのではないかという思いが、胸をついた。

「和藤田三次郎はわしの部下、すなわち、南町奉行所の定町廻り同心じゃ」

村上は力強く励ましてくれた。

なんだか、戦《いくさ》にでも駆りだされる気分である。もっとも、戦がどんなものか知らないのだが。

「わかりました」

とりあえず、形だけでも胸を張った。

「頼むぞ」

村上の声を背に、三次郎は業平の新居に向かった。


そのころ、業平の新居では、寅吉が地廻りのころの手下を従え、引越しの真っ最中であった。

「麿《まろ》の旦那、これ、どこに置きやす」

手下と茶簞笥を運んできた寅吉が、母屋の勝手口から台所に入った。だだっ広い土間と板敷が広がっている。

「その隅に置きなさい」

業平は板敷の一角を指し示すと、母屋を出て庭に向かった。純白の狩衣に真紅の袴《はかま》。真っ黒な沓《くつ》を履き、立《た》て烏帽子《えぼし》をかぶっている。

「こら、権太《ごんた》、もっと、丁寧に扱え。桐《きり》の茶簞笥だぞ」

寅吉が手下の権太を怒鳴りつける。

「すんません」

権太は首をすくめる。

ふたりは、業平に指定された場所にそっと茶簞笥を置いた。その間にも、手下の何人かが、大八車に乗せた竈《へっつい》を運びこんできた。

「おう、こっちだ」

寅吉が庭にまわって、畳屋に指図する。居間や仏間、寝間に畳が運ばれる様子を、業平が興味深そうに見ていた。

「磨の旦那、もうすぐ、植木職人が来ますからね。そうすりゃ、松なんかもっと見栄えよくなりますよ」

ところが、寅吉の言葉が耳に入らないのか、業平はじっと畳職人の仕事を見つめたままだ。

「そんなに畳が珍しいですかい。あれでしょ、京都にも畳はあるんでしょ。それともなんですか、お公家さまは畳を使わないんですか」

「そうではありません」

業平は寅吉のほうを向かずに答える。

「じゃあ、どうなすったんで」

「噂には聞いていましたが、江戸の畳は都の畳より大きいですね」

「そうですかね」

寅吉が首をひねる。

「大きいです」

業平は断言した。寅吉は手を打ち、

「ああ、そういや、吉原《よしわら》で聞いたことありますよ。吉原はご存じでしょ」

うなずいた業平を見て、

「あれですってね、吉原ってのは、京都の島原《しまばら》を参考にして造られたんでしょ。島原の遊郭《ゆうかく》にならった造りになっている。だから、表門をだいもんと言わず、島原風におおもんと言い、遊郭の部屋は京間だ。あがったときに、なんだかせめえなって思ってたら、畳の大きさが京都風だって、女郎から聞きましたよ」

寅吉はべらべらと話したが、業平が反応を示さないので、

「でも、水戸さまのお屋敷も、江戸の畳だったんでしょ」

ようやく業平は寅吉を向き、

「そのときは、武家風だと思ったのです。今日、こうして町家の畳を見て、あら

ためて都との違いを実感したという次第です」

「はあ、そういうことですか。さすがお公家さまは違いますね」

寅吉が妙な感心をしたところで、この家の家主、大和屋吉五郎《やまとやきちごろう》がやってきた。

壮年の、いかにも大店《おおだな》の商人といった風である。吉五郎は、大きな盥《たらい》を持った小僧ふたりを従えていた。

「中納言さま」

丁寧に頭をさげる吉五郎に、業平は眉をひそめ、

「中納言さまはやめときなはれ、と言うやたないか」

吉五郎はおおげさに手で口をふさぎ、

「これは失礼しました。ええ、飛鳥さま……その池にどうかと、これを持参いたしました」

小僧たちが地べたに盥をおろした。

「こら、見事なもんだ」

寅吉が思わず感心したように、大ぶりの見事な鯉《こい》が三匹、泳いでいる。

「これは立派ですね」

たちまち機嫌を直した業平を見て、吉五郎は小僧たちに、鯉を放つよう命じた。

「もう、梅も咲くころでございますな」

庭を見まわした吉五郎の言葉に、寅吉が、

「麿の旦那、梅が咲いたら、川柳じゃなかった、都々《どど》逸《いつ》、じゃねえ、あの……俳《はい》諧《かい》じゃなくって」

「和歌ですか」

寅吉は額をぴしゃりと叩き、

「そうでした。和歌をお詠《よ》みになるんでしょ」

「せっかくですからね」

「さすがはお公家さまだ。あっしらなんか、下手な川柳をひねるんだって大変な騒ぎですよ。そうだ、桜が咲いたら花見に行きましょう。お供しますよ。水戸さまのお蔵屋敷の上流は、墨堤《ぼくてい》って言いましてね。そらもう見事な桜並木なんですよ。桜の時節には引きも切らない、たいそうな賑《にぎ》わいです」

「聞いたことがあります。八代将軍の吉宗《よしむね》公が植樹された桜並木ですね。ほかにも吉宗公は、飛鳥山《あすかやま》にも植樹されたとか」

「そうなんですよ。あっしら庶民のためにね……ご立派な将軍さまですよ」

「江戸にいる間に、ぜひ行ってみたいですね」

業平は遠くを見るような目をした。

風はいくぶんか温かみがあり、空は霞《かすみ》がかかっている。日差しはあくまでやわらかで、早春の一日がゆったりと過ぎていった。

と、吉五郎が声をあげ、

「おお、来た、来た」

風呂敷包みを抱えた女中たちが、木戸から入ってきた。

「昼餉を運ばせました。飛鳥さま、お口に合うかわかりませんが、どうぞお召しあがりを」

「ならば、みなも食べたらいい」

寅吉が手を大きく振って、

「そいつはいけませんや。あっしら、麿の旦那がお召しあがりになってから頂戴しますよ」

「かまわない。みな、朝早くから働き通しです。さぞや空腹でしょう。いいから食べなさい」

「そうですかい……なら」

寅吉がみなに昼餉を告げにまわった。

大和屋の女中たちが、大皿を縁側に置く。大ぶりの握り飯に、沢庵《たくあん》が添えてある。白米は眩しいくらいぴかぴかとして、菜の花のように黄色い沢庵は、見るからに食欲をそそられる。

ところが、業平は握り飯ではなく、別のものに興味をそそられたようだ。

寅吉が視線をたどると、給仕をする女中の中に、ひときわ目を引く娘がいる。歳は十七、八といったところか。艶《あで》やかな小袖《こそで》に派手な帯を締め、髪を飾るのも鼈甲《べっこう》細工の櫛《くし》と笄だ。肥《こ》えてはいないが、ぽっちゃりとした、美人というよりはかわいい娘である。

いつの間にか、吉五郎が寅吉の横に立ち、

「娘のお紺《こん》です」

「へえ、ずいぶんと別嬪《べっぴん》だ」

寅吉の口は開いたままである。寅吉自身、思わず目を奪われていたようだ。

「ありゃあ、箱入り娘ですね」

だが、吉五郎は、ぎこちなく視線を彷徨《さまよ》わせるばかりだった。

三

しばらくお紺を見ていた業平も、やがて空腹を感じたのか、握り飯をひとつ手に取った。

「どれ、おれも」

寅吉が、握り飯と沢庵を交互に頰張《ほおば》る。方々から、沢庵を嚙むぽりぽりという音が聞こえた。それが珍しいのか、業平は興味深そうに耳を澄ませている。

ふと、吉五郎が寅吉に耳打ちをした。

「親分、ちょっといいかい」

周囲をはばかるような所作に、さすがの寅吉も黙ったまま吉五郎についていった。母屋の裏手にまわると、枝ぶりのいい松が植えられた小さな庭になっており、生垣《いけがき》越しに大川の流れがのぞめる。

「じつは、頼みがあるんだ」

「どうなすったんです。そんなあらたまって」

「お紺のことなんだが……」

「お嬢さんがどうかなさいましたか。あ、いや、みなまで言わないでください。あれでしょ。箱入り娘のお嬢さんに虫がつきやしたね」

寅吉が毛むくじゃらの腕をまくった。

「まあ、虫がついたと言えばそうなんだが」

「わかりやした。あっしにまかせておくんなさい。どこのどいつです。手を引くよう話をつけてきますよ」

「それがね」

吉五郎は困ったように顔をしかめた。

「どうしなすった」

「その相手なんだが、中之郷元町《もとまち》で剣術の道場を構えている、平河又右衛門《ひらかわまたえもん》先生なんだよ」

「ええ……」

思わず、寅吉は口ごもってしまった。

平河又右衛門は、直心影流免許皆伝《じきしんかげりゅうめんきょかいでん》、本所では並ぶ者なき剣の達人として知られている。門弟たちは仕官を求める浪人ばかりでなく、御家人や旗本なども含まれていて、三百人を超えると言われていた。

　ところが、剣の腕とは裏腹に、その素行《そこう》となると、はなはだ評判が悪い。

「すげえ男前ですものね。その男ぶりに惹《ひ》かれる女はあとを絶たず、さんざん貢《みつ》がせたあげくに、金がなくなるとぽいっと捨てるって評判ですぜ。それに、振る舞いもかなりの粗暴者。虫の居所が悪いと、稽古と称し、道場で門弟たちをめったやたらと打ち据えなさる」

「そうなんだよ」

「お嬢さんも引っかかっちまったってわけですか」

「あたしの目から見ればね」

「きっかけはなんです」

「それがね、ひと月ばかり前、常磐津《ときわづ》の稽古の帰りが遅くなってね。手代を迎えにやったんだ。それで、その帰り道、どこぞの浪人者に襲われてね。それを助けてくれたのが、平河先生という次第なんだ」

「それで、お嬢さんは平河先生にぞっこんってわけか……でもなんだか、くさいですね、その浪人って奴が」

「親分もそう思いかい」

「そうですよ。いかにも芝居臭いじゃありませんか」

「ところが、お紺は聞きやしない。もう、明けても暮れても平河先生のことで頭がいっぱいさ。弱ったもんだ。そのうえ困ったことに、三日ほど前に平河先生がやってこられて、お紺を嫁にしたい、と申し入れられたんだ」

「じゃあ、平河先生もお嬢さんに本気なんじゃありませんか」

「いや、こう申してはなんだが、平河先生は、わたくしどもの持参金と水戸さまへの口利きが欲しいのだと思う」

「水戸さまに仕官なさりたいってことか」

「できれば、仕官……そうでなくても、お屋敷に出入りし、水戸さまで剣術の手ほどきができるようになれば、道場は大繁盛するだろうね」

「平河先生なら、いかにも考えそうなこった」

「だから、親分……なんとかうまいこと、平河先生とお紺を手切れにさせてくれないかね」

「うまいこと、と言ってもですよ。相手が悪いや。旦那からお嬢さんに言いなすったらどうです。平河先生のところへ嫁《とつ》ぐのはよしたほうがいいって」

「何度も言ったさ。言っても聞かないから、こうして頼んでいるんじゃないか。親分、頼むよ。もちろん、お礼はきちんとさせてもらうから」

吉五郎が両手を合わせて、寅吉を拝《おが》んだ。

「旦那、やめてください」

「なら、承知してくれるね」

「困ったな……」

さきほども言ったとおり、さすがに相手が悪い。安請《やすう》け合いできる仕事ではなかった。

「承知してやりなさい」

そこへ、この世のものとは思えないような、涼やかな声が降ってきた。声というよりは横笛の音色のよう。

寅吉も吉五郎もびくっとして立ちすくむと、

「受けなさい」

声の主は業平とわかった。なんと業平は松の枝にまたがり、大川の景色を眺めていたのだ。

「ど、どうなすったんですよ、そんなところで」

寅吉が問いかけると、

「大川を眺めておりました」

そう言って、枝からはらりと飛びおりる。あたかも、鶴が舞いおりたように見えた。

「麿の旦那もひどいな。ずっと話を聞いていなすったんですか」

「聞くともなく耳に入ったのです」

「ま、そりゃいいですがね、でも……」

寅吉の言葉を制し、

「引き受けますよ」

業平は吉五郎に向かって淡々と告げた。吉五郎は目を白黒させ、

「そ、そんな、飛鳥さまがそのようなことを」

「気にすることはありません」

「いや、いくらなんでも」

吉五郎の目配せを受け、寅吉が、

「こんな市井の色恋沙汰に、麿の旦那が首を突っこむことありませんや」

「かまわないと申しているでしょう。おまえ、引き受けないのやろ。なら、麿が引き受けるいうことや」

公家特有の「ほほほほ」という笑い声を立てた。そのわざとらしさに、

「わかりましたよ、引き受けますよ」

「すまないね、親分」

吉五郎は、寅吉の手を取らんばかりの喜びようである。

「では、親分、頼みましたよ」

すたすたと立ち去った吉五郎の姿が見えなくなったところで、

「磨の旦那、安請け合いはおやめになったほうがいいですよ」

「安請け合いとは思わぬが」

「それは平河又右衛門というお方をご存じないからですよ」

「聞いておった。松の上からな。相当に女たらしなのだろ。それに粗暴とも」

「その粗暴ぶりなんですがね」

寅吉はあたりを見まわした。誰もいないことを確認して業平に向き直ったが、ふと頭上を見あげた。だが、そうそう松の枝に人などいるわけはない。

「よし、誰もいねえ」

そう念押しをしてから、

「ここだけの話ですがね。磨の旦那は辻斬りってやつをご存じですか」

「知っている。夜陰《やいん》にまぎれて罪もない者を斬るのであろう。物盗りが目的であったり、真剣の試し斬りを目的とする不逞《ふてい》の輩もおるとか」

「その辻斬りが、先月から本所界隈で立て続けに起きているんです。斬られているのは、いずれも夜鷹ばかりなんですがね」

「平河の仕業と言うのか」

「そんな噂が、いや、見た者もいるんですよ。現場近くにいた平河先生と門弟方を……」

「どうして捕縛しないのだ」

「それが、門弟方はお旗本、それに斬られたのが夜鷹とあって、御奉行所もつい及び腰になっているってわけでして」

「夜鷹は人でないと申すのか」

業平の言葉に、わずかに怒りが滲《にじ》んできた。

「触らぬ神に祟りなしですよ。町方が手出しできないのをいいことに、平河先生は辻斬りを繰り返しているってわけで。ところが、この十日ほど、ぷっつりと辻斬りはなくなりましたがね。夜鷹が、本所から深川や大川の向こう岸に流れていったからかもしれません」

「それが事実ならば、粗暴どころではないな。極悪非道の所業だ」

「ですから、麿の旦那は、そんな悪党にかかわらないほうがいいんですよ」

珍しく、寅吉は神妙な顔をした。だが、業平は涼しい顔で、

「いや、話を聞き、ますます興味が湧いた」

「そんな」

困り果てたように、寅吉は首を横に振った。

四

「そうと決まればさっそく行きますよ」

まだ決まったわけではない、と寅吉は内心でつぶやいてから、

「どこへ行かれるんですか」

「決まっているでしょう。平河道場です。案内しなさい」

いったん言いだしたら聞かない業平である。ここは引き止めても無駄だろう。

それに、もし本当に道場に乗りこむのならば、業平が一緒のほうがありがたいことも事実だ。

と、そのとき、

「ひええ！」

耳をつんざく悲鳴が聞こえた。

何事だと寅吉が周囲を見まわすと、声の主はなんと業平である。

業平は全身を震わせ、顔面蒼白《そうはく》となって額には脂汗が滲んでいる。突然の業平の豹変《ひょうへん》に、寅吉もあわてふためき、

「ど、どうなすったんで」

と、業平は右の肩に目をやり、

「と、取って」

「はあ……」

「取りなさい」

業平の端整な面差しが、激しく歪んでいた。寅吉が目をやると、毛虫が一匹、業平の肩を這《は》っている。どうやら、松の木から落ちてきたようだ。

「なんだ、脅かさないでくださいよ」

笑いながら寅吉は毛虫をつまみあげ、業平の眼前でぶらぶらさせた。

「捨てなさい！」

思わぬ業平の強い口調に、寅吉は草むらに毛虫をそっと投げた。

「どうしたんです、毛虫ですよ。都にだって毛虫くらいいるでしょ」

「……嫌いなんです。毛虫ばかりではありません。虫はみな嫌いです。虫唾《むしず》が走るどころではない。心の臓が止まるのではないかと思うほどです。笑いたければ笑いなさい」

そう言って、業平はぷいと横を向いた。もう震えはおさまっており、顔に血の気も戻っている。

「こりゃいいや。麿の旦那にも苦手なもんがあるってことですか。なんだか、安心しましたよ」

寅吉が愉快そうに言うと、

「行きますよ」

不機嫌そうに、業平はすたすたと歩きだした。

「待ってくださいよ」

笑いを噛み殺しながら、寅吉は追いかけていった。

と、突然、業平が振り返り、

「寅、言っておきますが、平河道場では、わたしの身分を絶対に明かしてはなりませんよ。いいですね」

言葉は丁寧ながらも、その有無を言わせない態度は、口答えできない威厳に満ちていた。毛虫を怖がっていた男とは、まるで別人である。

「合点でえ」

業平がなにをやらかすつもりかわからないが、それだけに寅吉も勇《いさ》み立った。

「こっちですよ」

心なしか、声音にも張りが出てきた。

平河道場の二百坪ほどの敷地を、黒板塀《くろいたべい》が囲んでいる。

板塀の一面が、ちょうど道場の壁になっており、格子窓があった。そこから中を覗くと、紺の胴着に身を包んだ数十人の門弟たちが稽古をしていた。

すさまじい気合いを発し、往来を通る者も身をすくめるほどである。

「行きますよ」

業平は丸腰で門をくぐり、戸惑う寅吉を伴い、そのまま道場の玄関に足を踏み入れた。だが、注意を向けてくる者は誰もいない。

「怒鳴りなさい」

「はあ……」

「来たことをわからせるのです」

「へい」

　寅吉は大きく息を吸うと、

「ごめんください！」

と、大声を放った。何人かの門弟がこちらに視線を投げたが、木刀を置こうとはしない。寅吉はもう一度、

「すんません！」

と、怒鳴った。

　ようやく、何人かが木刀を置いた。それから、

「なんじゃ」

　いかにも胡乱《うろん》な目つきを向けてくる。とくに、神主のような格好をした業平は、注目の的《まと》であった。

　業平は澄ました顔で、

「道場破りにまいった」

　相手は口を半開きにして、

「なんじゃと」

「聞いていなかったのか。道場破りにまいったのだ」

悠然と立つ業平の横で、寅吉は、はらはらしていた。道場に静かなざわめきが広がり、「道場破り」という声が広がっていく。

奥から、

「やめい」

と、野太い声が返された。

やがて、その声の主が、ゆっくりと歩いてくる。

がっしりとした身体つきの、分厚い胸板をした男だ。お世辞にも男前とは言えない、色黒のあばた面である。

美男と評判の平河ではないだろう。案の定、

「拙者《せっしゃ》、師範代を勤める大山伝六郎《おおやまでんろくろう》だ」

大山は巌《いわお》のような身体を、威圧するように揺すった。

「朝霞太郎《あさがすみたろう》と申す」

業平はさらっと偽名を使った。

「朝霞殿か……何用でまいった」

「道場破りです」

大山が口元を歪めた。業平はかまわずに、

「道場主、平河又右衛門殿と手合わせ願いたい」

「こいつは驚いた。貴殿、武士には見えんが、剣術の心得はあるのか」

「京八流の流れを汲む、鞍馬流剣法を心得ております」

「京八流……鬼一法眼のものか。ずいぶんと古めかしい剣だな。貴殿は、京からやってきたのか」

「いかにも。さる公家に仕えておったが、この正月、公家のもとを辞《じ》し、剣の道を究《きわ》めたいと、回国《かいこく》修行の旅に出たところです」

「当道場に道場破りにやってくるとは、その心意気は買ってやってもいい。だが、怪我をするのが落ちだ。早々に帰られるがよかろう。もし路銀《ろぎん》が不足しておるのなら、多少ならば融通してやるが」

　鷹揚さを示すように、大山の笑みが広がった。

「逃げるのか」

だが、業平のひとことが、一瞬にして大山を激怒させた。横にいる寅吉の肝《きも》が、ずんと冷える。

「貴様、おとなしくしておれば図に乗りおって。直心影流、平河又右衛門道場を侮辱するつもりか」

「平河殿とお相手したい」

「生意気申すな。先生のお手を煩《わずら》わせるまでもない」

とうとう、大山は業平を板敷にあげた。

舞のような優美な足取りで道場の真ん中に立つと、業平は立て烏帽子を取って寅吉に渡した。儒者髷《じゆしやまげ》に結った髪が、格子窓から差しこむ光に艶《つや》めいて見える。

大山は見所《けんしよ》に座り、門弟たちは両側の板壁に沿って正座した。みな、この珍妙な道場破りに、憎悪と興味の入り混じった目を向けてくる。

「飯岡《いいおか》」

大山が門弟のひとりを呼んだ。飯岡は極《きわ》めて抑揚《よくよう》のある声で返事をし、板敷の真ん中に出てきた。声とは違って、むさくるしい中年男である。月代《さかやき》や髭《ひげ》が伸びているることから浪人者であろう。

「この生意気な青侍《あおざむらい》に、平河道場の腕を見せてやれ」

「承知しました」

飯岡が業平に向き直った。

ぽいと投げられた木刀を受け取ると、業平は飯岡と対峙した。

飯岡は大上段に構え、業平は下段の構えだ。というより、構えらしい構えではない。右手一本で木刀を提《さ》げ持つといった風である。

「いざ」

飯岡がすり足で間合いを詰めてきた。それを、業平は悠然と待ちかまえる。

道場に緊張が走った。気が気でない反面、前に見た業平の剣の冴えを思いだし、寅吉は安堵したりもした。

「どう」

飯岡が一気に間合いを詰め、大上段から木刀を振りおろす。

と、次の瞬間、業平の身体はひらりと横に動き、その直後には飯岡の胴を抜いていた。

「勝負ありだ」

寅吉が歓声をあげた。

飯岡は悔しそうに唇を噛んでいる。

業平が意外にも手強そうだということを思い知り、道場内がざわめいた。

「次、前田《まえだ》」

大山が太い声で告げる。

前田は、真っ黒に日に焼けた強面《こわもて》の男だった。業平の正面に立つと、親の仇《かたき》でも見るように、憎悪に満ちた目を向けてくる。

前田は八双《はっそう》に構えた。

業平の挑発するような口元の笑みが、前田の怒りに火をつけたようで、

「だあ」

と、いきなり突きを繰りだしてきた。

思いきり業平が跳躍すると、門弟から驚きの声があがった。

前田は突きを繰りだしたまま、壁際まで走った。板敷にふわりと舞いおりると、業平は木刀を右手一本で、大上段から振りおろす。

木刀の切っ先が、前田の額すれすれで寸止めにされた。恐怖の表情を浮かべたまま、前田は崩れるように尻餅《しりもち》をついた。

もはや、ざわめきを通り越し、道場内は騒然となっている。

「鎮《しず》まれ」

大山が一喝《いっかつ》し、次いで門弟たちに視線を走らせると、

「師範代、わたしが」

と、ひとりの若者が立ちあがった。

目つきの鋭い、凶悪そうな面構えの男である。

「黒川《くろかわ》か……よし、いけ」

大山に言われ、黒川は不敵な笑みを浮かべたまま、板敷の真ん中に立った。

「貴様、ただの青侍じゃないな」

「あなたも血の匂いがしますね」

業平もにやりとする。

「なんだと」

「血ばかりか、怨念《おんねん》も感じます。あなた方に、虫けらのように斬られた女の怨念がね」

「おのれ、言わせておけば」

黒川が木刀を横に一閃《いっせん》させた。今度は避けることなく、業平は木刀で受け止める。木刀が打ちあわされる音が、道場に響き渡った。

「どう、どう」

鍔《つば》迫《ぜ》り合いとなり、黒川は押しに押してきた。一方の業平は、澄ました顔で黒川が攻めるにまかせている。

とうとう、業平を板壁にまで追いつめた。

そして、一歩引くと、正眼《せいがん》から木刀を繰りだしてくる。
が、その刹那《せつな》、
さあ。
業平が優美に舞ったように見え、次の瞬間、木刀が黒川の籠手《こて》を打っていた。
黒川は苦悶《くもん》の表情を浮かべ、木刀を板敷に落とした。

五

「お次はどなたさんです」

業平の言い方は、いかにも相手を小馬鹿にしていた。寅吉は声援を送ろうとしたが、殺気だった道場内ではいささか腰が引けてしまう。

やがて、鬼のような形相《ぎょうそう》となった大山が、

「わしだ」

と、勢いよく立ちあがった。まさに顔から湯気を立てているようだ。

「あんたで大丈夫かいな。そろそろ平河せんせを呼んだらどうです」

業平は、大山、いや平河道場の門弟すべてを敵にまわすつもりか。さすがにまずいと思った寅吉が、業平の狩衣の袖をそっと引く。

だが、業平にまったく動ずる様子はない。

「まあ、どうしても痛い目に遭《あ》いたいというんなら、しゃあないわ」

「おのれ」

大山が木刀を振りまわした瞬間、

「騒々《そうぞう》しいな」

奥から現れたのは、真っ白な胴着に身を包んだ美男子であった。

おそらく、平河又右衛門に違いない。

案の定、大山以下門弟たちが頭をさげるなか、平河はゆっくりと業平に近づいた。すっと横に大山が寄り、何事か耳打ちする。おおかた、道場破りにやってきたことを知らせたのだろう。

とたんに、平河の目がつりあがった。その形相は、どこか狂気じみた色を帯びていた。

「平河殿か。道場破りにまいった。お手合わせ願いたい」

堂々と言い放つ業平に向けて、平河が木刀の切っ先を向けてきた。

「道場破りだと……この狼藉者《ろうぜきもの》が！　おまえのような得体の知れぬ男に、このわたしが手合わせなどすると思うか」

「怖気《おじけ》づいたのですか」

「馬鹿な。野良犬を相手にするつもりはない」

「逃げるか」

「逃げはせん。おまえは、不遜《ふそん》にも我が道場に無断で足を踏み入れ、門弟を卑怯な手段で襲った。このまま帰すわけにはいかん」

平河が大山に目配せをした。寅吉の腋の下から、汗が滲み出てくる。

「成敗しろ」

大山の命令を受け、門弟たちが木刀を持って立ちあがった。

「それはねえですよ。正々堂々とした道場破りじゃありませんか。それをみんな束《たば》になってなんて、平河道場の名折れですよ」

寅吉の必死の抗議にも、

「うるさい」

大山は蠅《はえ》でも追い払うように右手を振った。

いかに業平とて、一度に三十人近い人間が相手となると、苦戦……いや、命すら危ないだろう。相手は、平河道場の面々なのだ。

ところが、業平は臆《おく》することなく、すっくと立っている。

そんな業平を、門人たちは輪になって取り囲んだ。そして、じわじわと輪を縮《ちぢ》めてくる。

「てえい」

まずは右から打ち込んできた。業平は軽く払いのけ、返す刀でさらに左から来る敵の肩を打つ。くぐもった音は、鎖骨《さこつ》が折れたに違いない。

これを機に、道場内は異様な殺気に満ちた。門弟たちは、あたかも獲物に襲いかかる獅子《しし》か虎《とら》のようだ。

このままでは業平の命が危ない。

「こちらのお方をどなたと心得る」

寅吉は叫んだ。だが、修羅場と化した道場内で、耳を貸す者などいない。

「やめろ！」

さらに寅吉は叫んだ。木刀がぶつかりあう音、絶叫、気合いが交錯するなか、寅吉の大声も掻き消される。寅吉の肝が縮みあがったとき、

「南町奉行所だ！」

ひときわ大きな声がした。

同時に、三次郎が十手を抜いて躍りこんできた。予期せぬ八丁堀同心の乱入をまのあたりにした大山が、

「やめい」

と、みなを制した。すかさず寅吉も前に飛びだして、「やめろ」を連呼する。

三次郎が、

「これは、どうしたことでござる。ひとりを大勢がよってたかって打ち据えようとしておったようだが」

平河が出てきて、

「貴殿こそ、どうして我が道場に入ってきた」

「表を通りかかったところ、格子越しに道場の中の騒ぎが見えたのでござる。みなさん、目を血走らせ、たったひとりに打ちかかっておられた。これは放ってはおけぬと思った次第」

「これは剣術の稽古でござる」

「これが稽古と申せるのですか」

「道場の方針なのじゃ。こちらが入門を乞《こ》うてこられたのでな、まずはどれほどの腕なのか、確かめようとしたのだ」

平河は不敵な笑みを放った。

「まことでござるか」

三次郎が業平を見る。だが、業平は涼しい顔で、

「いかにも。しかし、入門はやめておきます。たいして上達はできそうにありませんのでな」

平河が険《けわ》しい目をしたが、言葉には出さなかった。業平はくるりと踵《きびす》を返すと、そのまま道場から出ていった。

三次郎と寅吉が続き、三人ともに外に出たところで、

「ああ、肝を冷やしましたぜ」

寅吉が言った。業平は相変わらずの澄まし顔である。

「わたしもですよ」

三次郎は声音に抗議の意思をこめた。

だが、業平はいっこうに気にする素振りを見せない。

「でも、旦那、よくここがわかりましたね」

「さきほど、飛鳥殿の新居を訪ねたのだ。そうしたら大和屋の主人、吉五郎から、飛鳥殿と寅吉が平河道場に向かったことを聞いてな。もしや、と思って駆けつけ

たのだ」

「いずれにしてもよかった、ねえ、麿の旦那」

そこで寅吉は、あらためて吉五郎からの依頼を語り、平河が夜鷹を辻斬りにしていることを言い添えた。三次郎は表情を引きしめ、

「飛鳥殿、わたしは飛鳥殿の掛《かかり》となりました。水戸家の津坂さまが奉行所にまいられまして、町家に住まわれる飛鳥殿のご身辺に目配りせよ、と」

続けて、

「それに、妻の出産のお心配り、まことにありがとうございます」

「……そんなことより、平河のことをなんとかしないといけませんね」

もはや業平の関心事は、平河又右衛門にしかないようだ。

「平河は夜鷹を辻斬りにしているとのことですが、奉行所同心として野放しにしておいてよいのですか」

三次郎は言葉に詰まった。

「退治せなあきまへんわな」

言い方は冗談めかしていたが、業平の目は笑っていない。

「お紺のこともありますしね」

寅吉が言い添えた。

「さて、お紺に会いにいきましょうか。大和屋はどちらですか」

「まずは、新居にお戻りください」

三次郎に勧められ、業平は迷う風だったが、

「ならば、そうしましょう」

意外にも、ここは素直に応じてくれた。


三人が業平の新居に戻ると、すべての部屋の畳が入れ替えられていた。そのため、真新しい畳の香りが家中に香っていた。庭では、植木職人の庭木の手入れが続いている。

吉五郎は、床の間を飾る調度類を整えていた。三幅対《さんぷくつい》の掛け軸、千鳥《ちどり》の香炉《こうろ》が置かれていて、三人が入ってくると、吉五郎は丁寧に頭をさげた。

「平河に会ってきました」

業平はこともなげに言う。

「それはそれは……どうもありがとうございます」

吉五郎は恐縮しきりだ。

「次はお紺に会います。大和屋に案内しなさい」

「それなら、お紺はまだこの家におりますので、すぐに呼んでまいります」

吉五郎は前かがみになりながら、居間を出ていった。

「どうにか住めるようになりやしたね」

部屋を眺めまわす寅吉に、三次郎が、

「おまえも、飛鳥殿のご身辺に目配りを頼むぞ」

「まかせてくだせえよ。手下どもにもよく言っておきますから。でも、あれですよ。あっしらが束《たば》になっても、麿の旦那にはかないやしませんよ」

そう言って、目を輝かせながら、平河道場における業平の奮戦ぶりを語った。

「さすが、飛鳥殿」

三次郎も賞賛を送ったが、当の業平は関心がなさそうに口を閉ざしている。

そのうち、吉五郎がお紺を連れてきた。

お紺は業平を見て、ちょこんと座った。

「吉五郎と寅は出ていなさい」

その業平の物言いは、有無を言わせないものだった。不満顔の寅吉を見て、少しばかり声をやわらげ、

「おまえのようながさつな男がいては、お紺も話しづらいに決まっている。いいから出ていなさい」

「へい、わかりました」

頰を膨《ふく》らませぺこりと頭をさげると、寅吉は吉五郎とともに居間を出た。

ふたりがいなくなったところで、

「お紺、平河又右衛門と夫婦《めおと》になることはやめなさい」

いきなり、業平が言い放った。

初対面の相手に、ずばりとした物言いは、なんとも業平らしい。

鳩《はと》が豆鉄砲を食らったように、お紺がぽかんとしたのも無理はないだろう。

六

言葉の意味を理解すると、お紺は、たちまちぷっと頰を膨らませた。

「お紺、おまえが一緒になりたいと思っておる平河又右衛門だがな……」

三次郎の言葉は聞き流し、お紺は業平に向かって、

「あなたさまはお偉いお公家さまだそうですけど、いきなり又右衛門さまと別れ

ろとは、あんまりじゃないですか」

お紺の遠慮のない物言いは、聞いている三次郎がはらはらするほどである。業平を横目に見ると、なんとおかしそうに笑い声をあげていた。

「どうなすったのです」

お紺は怒りがおさまらない様子だ。業平はひとしきり笑ってから、

「これはわたしが悪かった」

業平が謝っても、お紺は口をへの字に閉ざしたままだ。

「たしかに、いきなり別れろというのはぶしつけに過ぎるな。では尋ねるが、なにゆえそれほどに平河を慕《した》っておるのか」

お紺はうつむき加減に睫毛《まつげ》を揺らした。頰に薄っすらとした赤みが差し、それを見ただけで、お紺の恋情は一目瞭然だろう。

「吉五郎もたいそう心配しておるぞ」

三次郎が言い添えると、

「おとっつあんが反対しているのは知ってます。おっかさんもです。それに、又右衛門さまの評判も耳に入ってますわ」

「どんな評判だ」

「女たらしだとか、女に貢がせている、とか」

このときばかりは、業平に食ってかかった態度とは正反対に、お紺の言葉は曖昧に濁った。

「そんな男がいいのか」

三次郎は優しく問いを重ねる。

「はい」

消え入りそうな声で答える。

「おまえが嫁になっても、平河の女遊びはやまないぞ。そうすれば、苦しむのはおまえだ」

お紺はきっと顔をあげ、

「わたしがしっかりします」

「最初のうちは我慢できよう。はなから、亭主の浮気を責めるようなことはないはずだ。だがな、そんなものは、そうそう長続きはしない」

「そんなことございません」

「いいや……」

「わたしは大丈夫です。それに、又右衛門さまばかりが悪く言われますが、相手の女も女だと思います。女のほうだって、ほかに女がいるのを知ってて、言い寄っているのですから。又右衛門さまばかりが悪いわけではないでしょう」

「そうは言ってもな」

三次郎は困惑を隠せない。

「それに、男の方は多少、女にもてないことには、魅力がございませんわ」

もはや開き直った様子である。

「おいおい」

三次郎はすっかり言葉に窮《きゅう》してしまった。

それを興味深げに見ていた業平が、

「江戸の女は、はきはきとしておもしろいな」

「そうですか。おもしろうございますか」

目を見開いたお紺が、小首を傾《かし》げた。

なおも三次郎は諦めきれず、

「まあ、女たらしのことは、おまえが許せるというのならかまわぬ。でもな、平岡は、道場の門弟たちと辻斬りをしておるのだぞ」

お紺の気持ちを慮《おもんぱか》ると、三次郎とて口には出したくなかったが、こうなったらしかたがない。平河の極悪非道ぶりを話さなければ、お紺の頭は冷えそうになかった。ところが……。

「そんな噂も聞いています」

「どう思う」

「辻斬りは恐ろしいことだと思います。罪もない人を斬るなど、許せることではございません」

「ならば、平河のことを……」

お紺はそれを遮るように、

「わたし、又右衛門さまに確かめたのです」

「辻斬りのことか」

三次郎が問うと、業平の目がきらりと光った。

「辻斬りのことばかりではございません。女のこと、女に貢がせていることも聞いたのです」

「平河はなんと申した」

「女に貢がせているというのは、正確ではない。頼みもしないのに、女どもが貢いでくるのだ、と」

「同じことだ」

お紺はむっと口を尖《とが》らせて、

「又右衛門さまは、正直にお話しくださいました。そのうえで、こうおっしゃったのです」

——お紺殿は、そうした浮ついた女どもとは違い、しっかりとした娘だ。そこに自分は惚《ほ》れたのだ。たしかに、これまで自分は女遊びをしていた。しかし、お紺殿を嫁としたら、そのような遊びも終わりにできる。

話しているうちに、お紺の顔は赤くなっていった。

——さすがは名うての女たらしだ。うまいことを言う。

三次郎は内心で舌打ちをした。

つくづく、悪い男に引っかかってしまったと思えてならない。

「で、辻斬りのことはなんと申しておるのだ」

「それは、又右衛門さまがあまりにお気の毒です」

お紺が目に涙を溜めた。

「気の毒なのは、斬られた夜鷹たちだ」

三次郎の言葉には、怒りがこめられている。

「又右衛門さまは辻斬りなど、なさっておられません」

「やってないと申しておるのか」

「そのような疑いがかけられるとは、つくづく不徳のいたすところだ、だが、その汚名はいつかそそがれる、と申されました」

　さすがに辻斬りまでは認められないということだろう。

「それを信じるのか」

「はい、わたくしは又右衛門さまを信じます。わたくしは、又右衛門さまの妻ですから」

　お紺はどこまでも毅然《きぜん》としていた。

　それまで口を閉ざしていた業平が、

「あっぱれなもんやな」

と、どこか他人事《ひとごと》のような口ぶりで言った。

「お話はそれだけですか」

　お紺は三次郎の返事を待たず、腰を浮かせた。三次郎も業平も、それ以上、引き止めることはできそうにない。

　部屋を出たところで、お紺の声が聞こえた。どうやら、外で様子をうかがっていた吉五郎と遭遇したようで、父親をさかんになじっていた。

必死でお紺を宥《なだ》めたあと、吉五郎が居間に入ってきて、

「まいりました」

頭を掻きながら、つぶやいた。

「お紺は怒っておったろう」

業平は暢気《のんき》なものだ。

「怒っていたのなんのって、とうぶん口を聞いてくれそうにございませんな」

「それは、すまなかった。わたしが説得に失敗したのだ」

三次郎が謝った。

「いえいえ、そんな……まったく、困ったものです」

「それにしても、お紺は頑《かたく》なというか、平河に惚れきっておるというか……頭を冷やすのは大変だぞ」

「そこをなんとかなりませんか」

「いまのままでは難しいだろうな。平河が辻斬りの下手人とわかれば、さすがにお紺も熱を冷ますだろうが」

そこで助けを求めるように、業平を見た。

「そうでしょうね」

無責任な言い方だが、業平の口から出てみると不思議と腹も立たない。

そこへ寅吉が入ってきた。

「説得は失敗のようですね」

寅吉はへらへらと笑った。

「うるさい。なにがおかしいのだ」

つい、寅吉に八つあたりしてしまう。

吉五郎が、寅吉のほうを見て、

「親分、平河先生と門弟を、辻斬りの罪でお縄にすることはできないかね」

寅吉は腕組みをして考える素振りを示したが、

「難しいですよね」

と、三次郎に判断をゆだねた。

「辻斬りの場合、その場を取り押さえなければならないが、このところ、辻斬り騒ぎは起きていないだろう」

「そうなんですよ」

「お紺との祝言を前に、平河も控えているということか」

「と言いますより、夜鷹連中が怖がって、本所界隈に出没しなくなったんですよ。深川に流れたり、大川の向こう岸に行ったりしているようです」

「無理もないな」

三次郎は眉をひそめた。

「辻斬りが起こらないのは、いいことなのですが……こうなってみると、ますます平河先生をお縄にするのは難しいようですね」

複雑な表情になった吉五郎に、業平が、

「いえ、平河は苛立っていました。きっと辻斬りができず、鬱憤《うっぷん》が溜まっているのでしょう」

「なるほど」

寅吉が言ったとき、

「御免」

と、障子越しに声がした。

凜とした声音は、侍であることを思わせる。寅吉が障子を開けると、案の定、侍がひとり立っていた。

「ええと、なんの御用で」

「拙者、御家人の飯岡太一郎《たいちろう》と申し、平河道場の門弟です」

とたんに、業平の目が光った。

七

「あんた、さっき、麿の旦那の相手をなすった浪人さんですね」

寅吉が目をむく。

「あ、いや、さきほどは失礼しました。なんら危害を加えるつもりはございませんせん」

飯岡はしきりと頭をさげた。三次郎が縁側に出て、

「まあ、立ち話もなんです。どうぞ、中へお入りください」

「では、失礼します」

居間に入り、障子を閉めると、飯岡はあらためて頭をさげた。

「今日はご無礼いたしました」

「そのことを謝りにきなすったのですかい」

寅吉が尋ねると、

「本当にすまないことをしたものだと、悔いております」

「あんたは、平河先生のなさることを、よからぬと思っていなさるんですか」

「はい。ほとほと嫌気が差したのです」

そう言って、飯岡はがっくりとうなだれた。

「なにがでござるか」

三次郎が問う。

「平河先生のなさりようでござる。女を侍《はべ》らす、夜鷹を斬る……そうしたことが我慢なりません」

「……それをここで言うってことは、奉行所に訴える覚悟があるってことですかい」

寅吉に言われ、飯岡は唇を嚙みしめながら、

「師を裏切ることになろうかと思いますが、このまま黙って見過ごすわけにはまいりません」

「偉《えれ》え！」

感激した寅吉が手を打ったが、業平は落ち着いた様子で、

「どうして、そんな気になったのですか」

「近々、平河先生が大和屋の息女《そくじょ》、お紺殿と祝言を挙げる、と聞きまして」

「ひょっとして、あんた、お紺さんに惚れていなさるのですか」

寅吉の邪推《じゃすい》に、飯岡はかぶりを振り、

「そうではござらん。わたしには妻も子もおる」

「では、どういうことで」

「じつは、先生がお紺殿と親しくなったきっかけ……狼藉者に襲撃された一件でござるが」

ここで、飯岡は言葉を止めた。少しの間のあと、

「あれは芝居でござった」

「やっぱりな、話がうますぎるもの」

寅吉はそう言って、呆然となった吉五郎を見た。うすうす感づいていたとはいえ、実際に聞かされると衝撃も大きいのだろう。

「襲撃をしたのはわたしです」

飯岡が、吉五郎に向かって両手をついた。吉五郎は現実を受け入れたのか、

「どうか、お手をあげなさってください。それだけ、お聞かせくだされば、娘の熱も冷めるかもしれません」

と、そのとき——。

話を聞いていたのだろう。障子があわただしく開けられ、お紺が険しい顔つきでみなを睨んでいる。

「おい、なにを」

吉五郎が戸惑いの目を向けた。

「この人の言っていることは出鱈目《でたらめ》です」

「なにを言うんだい」

「この人は道場で、どうしようもない人なんです」

「おいおい」

娘の暴言に、吉五郎が顔を歪める。

「道場でも浮いた存在なのです。剣は下手なくせに、どうにか又右衛門さまのお情けで置いてもらっているんです。仕官の口が欲しくて、です」

まくしたてるお紺に、吉五郎はおろおろするばかりだ。

「なんてことを言うんだ」

「それでもお侍ですか」

さすがに吉五郎はたまりかねたのか、立ちあがるとお紺の頬を打った。お紺は

しばらく呆然と立ち尽くしていたが、

「みんな、又右衛門さまのことを悪者にしたいんだわ」

泣きだすと居間を飛びだしていった。

「困った娘だ」

吉五郎が、がっくりと膝を崩した。

「すまぬ」

飯岡がぺこりと頭をさげる。

「なにをおっしゃいます。お紺が悪いのでございます」

その場のいたたまれない雰囲気に、三次郎も寅吉も言葉を発することができず、口を閉ざした。

飯岡が沈黙を破って、

「お紺殿が申されたこと、まことでござる。拙者は仕官の口が欲しくて、平河先生の道場に通っておりました。そして、言われるままに、お紺殿を襲撃するという猿芝居に加わったのでござる」

「ですが、それじゃあいけねえってことで、こうして来なすったんじゃござんせんか」

「それは、そうですが……」

寅吉が宥めても、飯岡はうつむいたままだ。

三次郎が仕切り直すように、

「ともかく、飯岡殿はわれらにご助力願えるわけですね」

「むろんでござる」

「するってえと、今後はどうします」

しばらくの間、三次郎は考えこみ、

「……罠にかける」

「どういうこってす」

すぐさま寅吉が反応した。

「平河は、いま辻斬りができずにかなり苛立っておると、飛鳥殿もおっしゃっていた。そこをつくのだ」

「てことは、夜鷹に囮《おとり》になってもらうのですか」

「そういうことだ」

「でも、そんな危ない橋を渡る夜鷹なんていませんや」

「そこをなんとか探しだせ。おまえなら、夜鷹にも手蔓《てづる》があるだろう」

「そらまあ、心あたりがねえことはねえですが……でもね」

そこに割りこむように飯岡が、

「ここは、我が女房を」

と、言ったものだから、みなが驚き顔で必死に止めに入った。

「それは、いくらなんでも……」

「いや、それくらいのことをせねば、平河はお縄にはできません」

いまや飯岡も「平河」と呼び捨てにしている。

吉五郎が、

「飯岡さまのおおせ、まことにありがたいとは存じますが、それではあまりと言えば、あまりでございます」

「そんなことは気にされるな。ここはわたしの女房を……」

敢然《かんぜん》と飯岡が決意を示したとき、

「わたしがやります」

突如《とつじょ》、業平が言った。

みなが、ぽかんとすると、

「わたしが夜鷹に扮《ふん》しましょう」

もう一度、業平は強い口調で宣言した。

「なんということをおっしゃるのです」

「そりゃ、無茶ですよ」

三次郎と寅吉の反対を聞き流し、

「いいえ、そんなことはありません。夜陰《やいん》であれば、夜鷹の着物を着て、手拭いでもかぶっていればわからないはず。よしんば、わかったところで、辻斬りの現場を押さえることになります。そこを捕縛すればいいのです。いわば、絶好の機会と申せましょう」

三次郎は口をあんぐりとさせた。

「ですが……」

突然のことに、飯岡がもぞもぞとしている。

「飯岡さん。あなたは、これから道場に戻り、夜鷹が本所界隈を流していると言いなさい。道場の先、天祥寺《てんしょうじ》から妙縁寺《みょうえんじ》の前に、広い火除《ひよ》け地がありますね。そのあたりを流していると伝えるのです。辻斬りが怖《こわ》くて夜鷹がやってられるか、などと強がっていたと吹きこめば、平河は我慢できなくなるでしょう」

「承知しました。いくら、極悪非道とはいえ、平河が師であることはたしか。わたしは師を裏切ることになります。このことを伝えたら道場を去り、御奉行所に出頭します」

飯岡が神妙に頭《こうべ》を垂れた。

平河と対決できることが楽しみなのか、業平はしごくご満悦である。

「まったく、無茶をなさるんだから」

困り顔の寅吉だが、それでも楽しそうだ。判断を求めるように、吉五郎が三次郎のほうを見た。

「では、わたしも一緒に」

「わとさんは女房が身重なのでしょう。寅と寅の手下でいいですよ」

「そういうわけにはまいりません」

奉行所に人を出させようかとも思ったが、そんなことを報告すれば、てんやわんやの大騒動となるに違いない。

――ここは、隠密に事を進めるべきだ。

「いや、わたしもまいります。でなければ、今回のことは承知できません」

断固として三次郎が言うと、

「わとさんがそう言うのなら、それで承諾しましょう」

業平は言った。

相変わらず、三次郎の耳には、「わと損」と聞こえてしまっている。

八

その晩の夜四つ(午後十時)。

業平は、黒の木綿《もめん》小袖に白の桟留《サントメ》の帯を締めるといった夜鷹の扮装で、中之郷元町にある平河道場の前を横切った。

かぶった手拭いを夜鷹らしく口にくわえ、ご丁寧にも、左の脇に茣蓙《ござ》を丸めて抱えている。

女にしては背が高いが、若月《わかつき》の頼りない光の下では、顔などはっきりとは見えないだろう。まさか、男がそんな格好をしているとは誰も思うまい。

案の定、ひさしぶりの夜鷹の出現に、声をかけてくる酔っ払いもいた。

それを業平はなんなくいなし、歩き続ける。耳を澄まして、近づく足音に神経を集中させた。

夜風が全身にまとわりつく。風は身を切るように冷たく、寒が戻ったようだ。

業平が異変を感じたのは、天祥寺の築地塀《ついじべい》が見えたときだった。

姿を現した平河は、師範代の大山と、昼間手合わせをした前田と黒川を従えていた。意外だったのは、背後からではなく前方からやってきたことだ。

おそらく飯岡の話を聞き、待ち伏せをしていたに違いない。

「待て」

大山が声をかけてきた。無言で、前田と黒川が背後にまわる。

業平が手拭いを、はらりと取り去った。

月明かりに照らされた業平の顔を見て、平河は口をつぐんだが、

「そうか、そういうことか。われらをおびき寄せたな、この青侍め。道場破りといい、理由は知らぬが、どうしてもわたしを斬りたいようだな」

「そうです。あなたのような悪党を放ってはおけません」

「なにを！」

怒号《どごう》を発したのは大山である。

平河は薄笑いを浮かべ、抜刀した。それが合図となり、大山たちも刀を抜く。

そこへ、天祥寺の山門から、三次郎と寅吉が飛びだしてきた。

「そこまでだ」

三次郎は叫ぶと、寅吉が十手を抜き、

「あんたらの悪事、この目で見ましたぜ。辻斬りの現場をね」

余裕を見せようと思ったのか、平河は笑い声を立て、

「まだ斬ってはおらん」

「でもね、そうやって人斬り包丁を抜いているじゃありませんか。往生際が悪いですぜ」

「そうか、ならば、望みどおり斬ってやる」

突然、平河が業平に斬りつけた。

背後に飛び退《の》いた業平の鼻先を、平河の刃がかすめる。

大山たち三人も、大刀を構え直した。

業平は、丸めた茣蓙から金鞘《きんざや》の太刀を取りだすと、抜刀して鞘を放り投げた。

次いで、右手一本に剣を持つ。

その姿は月光を浴び、あたかもこれから舞を披露するかのような優美さだ。

「おもしろい、そうこなくてはな」

平河は言うと、業平に突きを繰りだした。業平の剣がすばやく振りあげられ、平河の大刀を払う。

万が一のことを考えた三次郎が、とっさに、

「こちらのお方は、畏れ多くも従三位権中納言、飛鳥業平さまなるぞ。水戸中納言さまともご昵懇《じっこん》の公卿さまだ」

その言葉で、前田と黒川の動きが止まった。

「無礼者、頭《ず》が高いってんだ」

寅吉が怒鳴った。

前田と黒川は剣を捨て、路上で平伏した。

大山ですら、業平に刃を向けながらも動きを止めている。大山は判断を求めるように、平河を見た。平河は唇を噛んでいたが、

「嘘じゃ。出鱈目に決まっておる。京都の公家が、夜鷹の真似事なんぞするもんか」

その目は、すっかり狂気の色を帯びていた。

「いや、正真正銘《しょうしんしょうめい》の中納言さまなのだ……」

三次郎の言葉が終わらぬうちに、平河はふたたび業平に斬りかかった。

それをなんなくかわすと、業平はくるりと独楽《こま》のように回転し、目にもとまらぬ速さで太刀を一閃させた。

「うぎゃあ」

怪鳥《けちょう》のような声を発し、平河がひざまずいた。大刀を路上に落とし、右手で顔を覆っている。手のひらからは、血があふれ出ていた。


「先生」

大山が平河を抱き起こす。顔を覆っていた右手をおろすと、なんと鼻がない。数々の女を手玉に取ってきた美男子の面影は消え失せ、無惨で醜悪な顔になっていた。

「いまのあなたにふさわしい面差しです。あなたのような醜《みにく》い心の持ち主にね」

そう言って太刀を血振りし鞘に戻すと、業平は踵を返した。

歩き去る背中は、夜鷹の格好をしていても、どこか雅《みやび》に見えた。

惚《ほう》けたように、大山が路上に尻餅《しりもち》をついた。

「平河又右衛門、辻斬りの科《とが》で捕縛する」

三次郎の声は、堂々と誇らしげだった。

平河又右衛門以下、大山、前田、黒川は、辻斬りの罪により捕縛された。

吟味《ぎんみ》が進むにつれ、平河の罪は次々にあきらかとなっていった。

二月五日、平河は市中引きまわしのうえ、打ち首、獄門《ごくもん》。大山は遠島《えんとう》。前田と黒川は旗本の身分であったため、評定所から切腹を申しつけられた。

引きまわされる平河は、鼻を削《そ》がれた無様な面体《めんてい》を晒し、人々の嘲笑を浴びた。

そして、お紺は……。

「業平さま、梅がすっかりきれいですよ」

業平は、自宅の居間で古事記《こじき》を読んでいた。

手拭いを姉さんかぶりにしたお紺が、縁側を雑巾がけしている。

たしかに、お紺の言う通り、庭の白梅は満開の花を咲かせていた。

「ねえ、業平さま。ご覧になってくださいよ」

お紺は拗ねたような声音になった。

平河の罪状があきらかになってからというもの、お紺は三日の間、寝込んでしまい、食事もとらなかった。

だが、四日目の朝、泣き腫《は》らした顔で起きてくると、人が変わったように旺盛《おうせい》な食欲を見せた。それをきっかけに、平河のことはいっさい口に出さなくなった。

そうして元気になり、暇《ひま》をもてあましていると、吉五郎から業平の身のまわりの世話をするよう言われた。

それからというもの、連日のように通ってきては、掃除だの食事だのと甲斐甲斐しく働いている。

「業平さま」

繰り返されるお紺の呼びかけに、

「いま行きますよ」

諦めて古事記を閉じた業平は、腰をあげて縁側に立った。やわらかな風が頬を撫で、春を感じさせる。梅を見て、お紺は満面の笑顔である。

「わからんもんや」

女心の不思議さを、業平はつぶやいた。

あれほど平河に熱をあげていたのが、このありさまである。立ち直ったのは喜ばしいことだが、なんだか複雑な思いにも駆られた。

「なにかおっしゃいましたか」

「いや、べつに」

「おっしゃいましたよ」

「ああ、梅がきれいだ、と。歌でも詠《よ》もうと思ったところです」

「まあ、すてき」

業平は、鶯《うぐいす》の鳴き声に耳を傾けた。ふと、三次郎の妻の雅恵が、そろそろ出産であることを思いだした。

春の深まりに、業平の心が浮き立った。

江戸に来て、初めての春である。

第三話　心のねじれた女

一

南町奉行所同心、和藤田三次郎が高貴にして奇妙な男、飛鳥業平の恐るべき推理力をまざまざと見せつけられた事件が起きたのは、桜が八分咲きとなった三月一日のことである。

この日、三次郎は生まれたばかりの娘、佳代《かよ》の寝顔を名残惜《なごりお》しそうに見ながら、

「では、行ってくる」

と、妻の雅恵に声をかけた。

雅恵は、目が大きすぎることをのぞけば、整った面差しの小柄《こがら》な女だ。こんな身体でよくぞ無事に子どもを産んでくれたものだと、感謝とともに感心もした。

「今日も本所のお公家さまのお宅ですか」

悪気はないのだろうが、その雅恵のひとことは、いかにも定町廻りを外されたようでいい気はしなかった。

「そうだ」

返す言葉に苛立ちを滲ませてしまい、浮かした腰を落ち着けた。

「旦那さまは、あまりお役目の話はなさいませんけど、お公家さま相手など、さぞや気をお使いになるのでしょうね」

雅恵なりに心配しているようだ。

無理もない。定町廻りを外され、公家の警護などという、これまでに例のない役目に就《つ》いている。実家に帰っている間に、なにが起きたのかと気になっていたに違いない。

ここは聞き流すのではなく、安心させてやることこそが、夫の務めというものだろう。

「心配することはない。これは大事なお役目でな。くわしくは申せないが、水戸さまから御奉行に直々《じきじき》に依頼されたことだ。幕臣として名誉なこと、このうえないお役目だぞ」

「まあ、それはすばらしいことですわ」

ひと安心といった風に、雅恵の大きな目がやわらかくなった。妻の安堵を見ると、つい、本音を漏らしてしまった。

「相手は中納言さまだ。われらからすれば、気の遠くなるようなご身分。正直申して、気骨《きぼね》が折れる。なんせ、お考えになっていることがわからない。突飛《とっぴ》というか……我らとは一風変わったものの見方をなさり、意表をついた行動をお取りになるのだ」

雅恵は、安堵の気持ちから不安へと転じたようだが、目を輝かせていることから好奇心も募らせているようだ。

「初めてお会いしたとき、おまえが佳代を産むため実家に戻っていることを、たちまちにして見抜かれた」

そうして業平橋での出会いを語った。雅恵は大きな目をくりくりとさせ、

「水天宮のお守りを、うっかり帯から覗かせたのは旦那さまですが、それにしましても、飛鳥中納言さまというお方、ただのお公家さまではないような気がしますわ」

夫に対し耳の痛いことを平気で言っているのだが、雅恵にしてみれば誉めているつもりなのかもしれない。

「それでいて、頭でっかちかというと、これが大違い。剣の腕もたいしたものだ。この前も、本所のとある道場へ道場破りに出かけてな……」

三次郎も、業平のことを語っているうちに声を弾《はず》ませている。

「文武両道ということでございますか」

「そういうことだな」

「でも、江戸におひとりでおいでになられて、奥方さまやお子さまは都でお寂しい思いをなすっておられるのでしょうね」

「そう、だろうな」

なにげなく返事をしたが、そう言えば、業平の家のことは聞いていない。歳からして妻子はいるのだろうが、身内の話となると、なんとなく聞きそびれていた。

と、佳代が泣きだし、雅恵が抱きあげた。

「では、行ってくる」

今度こそ、腰をあげる。

雅恵は佳代をあやしながら、「行ってらっしゃい」と声をかけてくれた。

三次郎が、本所中之郷竹町にある業平の屋敷の木戸をくぐると、業平は庭に出て桜を見あげていた。

いつもの狩衣姿ではない。町家にお忍びで住むことを意識したのか、武士のような格好だ。

紫地に金糸で鷹《たか》の絵柄を描いた小袖に、草色の袴を穿いている。見るからに値の張りそうな着物は、水戸家から提供されたものかもしれない。立て烏帽子はかぶらず、儒者髷に結った髪を春風に晒していた。

「ああ、わとさん」

「おはようございます」

業平の横には、大和屋の娘のお紺がいた。桃色地に桜をあしらった小袖、紅色の帯、丸髷に結った髪には銀の花簪《はなかんざし》を挿《さ》し、いかにも大店の娘といった装《よそお》いだ。

「ところで、今日の昼餉はなんですか」

桜を見あげたまま、業平がお紺に聞いた。

「お餅です。お雑煮でも作ろうかと思いまして」

すると、業平は眉根を寄せて、

「餅というと、先日食した四角い餅ですか」

「そうですよ」

お紺はにっこり微笑む。

「すまし汁仕立てですね」

「お昼はあっさりしたものがよいかと思ったのですが……いけませんか」

「餅は丸くなくてはなりません。そして雑煮は味噌《みそ》仕立て、しかも味噌は白味噌でなくてはならないのです」

「都風はそうなのでしょうけど……江戸の雑煮にも慣れてください」

「嫌なものは嫌です」

業平が、紅を差したような真っ赤な唇をへの字に引き結んだ。お紺は「わかりました」としおらしく答えてから一転、

「ねえ、業平さま。お花見に連れていってくださいよ」

中納言の業平にも、物怖《ものお》じせず甘えた声を出す。それをかわいらしく思うかずうずうしいと感じるかは、相手次第だろう。

「寅がお供すると申しておりました。墨堤の桜並木がすばらしいと」

お紺は露骨《ろこつ》に顔をしかめ、

「寅吉親分も一緒ですか」

「便利な男です。手下もいるから賑やかな宴《うたげ》を催《もよお》せそうです」

「ええ？　子分たちもですか」

お紺が抗議の姿勢を見せたときに、突然、三次郎にも話が振られた。

「そうだ、わとさんも一緒に行きましょう」

いきなりこう言われて、

「はい」

つい、生返事をしてしまった。

ぷっと膨れたお紺がかがみこみ、

「業平さま」

と、悪戯っぽく笑ったと思うと、右手を広げた。

手のひらに、小さな青虫が転がっている。

「ひ、ひえ、捨てなさい」

一瞬にして、業平のおつに澄ました顔が激しく歪んだ。

端整な面差しが台無しとなり、所作《しょさ》もみっともないほどにおろおろとしている。

いくら虫が苦手とはいえ、三次郎の目には、おおげさを通り越して滑稽《こっけい》にすら映《うつ》ってしまう。

お紺はしてやったりと言わんばかりに微笑むと、芋虫を草むらに、ぽいっと放

って母家に向かった。三次郎は、業平が落ち着きを取り戻すのを待ち、

「活発な娘ですね」

「うむ、明朗《めいろう》で快活《かいかつ》なのはいいのですが、自分の意に沿わないと、ときどき意地の悪いことをする。それが玉に瑕《きず》です。しかし、人間誰しも欠点があるもの。それくらい目をつむりましょう。それに、世話好きなのは助かりますね。なにせ、わざわざ都から味噌を取り寄せ、それで料理をしてくれるんですから。味は濃いめですが、江戸の辛《から》い味噌汁を食するよりは、はるかにましです」

「やはり、江戸の味は合いませぬか」

「正直、馴染《なじ》めませんね」

「都では、奥さまが料理をお作りになられたのですか」

「いや、下働きの者にまかせていました」

それはそうだろう。業平ほどの貴人《きじん》の女房が、家事などするはずもない。

「お子さまは、寂しがっておられるのではないですか」

「そうかもしれませんね」

業平の言葉は、まるで他人事《ひとごと》である。身内のことは話しづらいのかと思い、それ以上は立ち入らなかった。

「わとさん、今日はなにをしましょうか」

「水戸さまのお屋敷に行かれなくてよろしいのですか」

普段、業平は水戸藩邸で、大日本史の編纂を手伝っている。

その行き帰りを護衛するのが、三次郎の主《おも》な仕事だ。

水戸藩は、江戸のあちらこちらに藩邸を持っている。上屋敷、中屋敷、下屋敷ばかりでなく、業平が滞在していた蔵屋敷。ほかにも、抱え屋敷、町並屋敷と、大小で二十近くもあった。

毎日、そのどこに行くかは決まっていない。朝、業平を訪ねると、水戸家から駕《か》籠《ご》が差し向けられる。

その駕籠の横に三次郎は張りつき、行き帰りを護衛するのだ。

もちろん、水戸藩からも警護の侍が差し向けられている。三次郎はもっぱら駕籠の横で、業平の話し相手を勤めているというのが実状だ。

水戸藩邸に着くと、業平が仕事を終えるまで控えの間で待っている。

昼過ぎに終わることもあれば、夕方、あるいは夜半になることもあった。その日によって、三次郎には昼餉や夕餉、さすがに酒が出されることはないものの、高級な茶と菓子も振る舞われた。

まさに、いたれりつくせりのもてなしを受け、楽な仕事だと、罪悪感すら感じていたのは最初の三日くらいで、四日も経つと慣れてしまった。

このごろはすっかり春めいたこともあり、昼餉を済ませると眠気との戦いがもっともつらいという、なんとものどかな役目である。

どうやら、今日はその仕事がないらしい。

「なにかおもしろい事件でもありませんか」

業平は退屈そうに伸びをした。

「おもしろいかどうかはわかりませんが、昨今《さっこん》、珍しい盗人が出没しております。仇討《あだう》ちの旅と称して旅籠《はたご》に泊まり、宿泊者の金品を盗むというものです」

「へえ、江戸にはそんな盗人がおるのか。武士が多い江戸ならではやな」

業平は興味を示したようだが、三次郎にはそれ以上、話すネタがない。

なにせ、定町廻りを外れているのだ。仇討ち盗人がそのあとどうなったかは、あいにく聞いていなかった。

三次郎が口をつぐんでしまったため、気まずい空気が流れた。

こういうときにこそ、寅吉は役に立つのだが……手下を使って、業平が喜ぶような遊びでもやらせるに違いない。

するとと、三次郎の気持ちを察したように、寅吉が顔を出した。

だが、面差しは、麗《うら》らかな春の昼さがりにはおよそ不似合いなものであった。

「大変ですよ」

いきなり大変と言われても、なんのことかわからない。

「どうしたのです」

聞いたのは、三次郎ではなく業平である。業平は寅吉の「大変です」を聞いただけで、目を輝かせていた。

――これはいかん。

またもや、変な事件に首を突っこもうとするかもしれない。

「どうしたのだ」

危《あや》ぶみながら三次郎が聞くと、寅吉は三次郎の脇を通りすぎ、業平の前に立った。

「麿《まろ》の旦那、殺しですよ。殺しが起きました」

「ほう」

業平の目は、ますます爛々《らんらん》と輝いた。

「殺しだと」

おれを無視するのか、と三次郎が不機嫌に問うと、

「ああ、旦那」

まるでたったいま気がついたように、寅吉は毛むくじゃらの二の腕をぽりぽりと掻《か》いた。

「ああ、旦那、じゃない。ちゃんと報告しろ」

「北本所番場町の旅籠、丸味《まるあじ》で女中が殺されたんですよ」

「わかった、行くぞ」

と、そこではたと思い直した。いまの自分は、業平の掛《かかり》である。勝手に殺しの探索になど出向けない。ためらっていると、

「行きましょう」

業平は寅吉を伴い、さっさと木戸に向かって歩きだしてしまった。ひとり残された三次郎は、

「ちょっと、待ってください。飛鳥殿、なにをなさるんですか」

「決まっているでしょう。殺しの現場に行くのです」

業平は当然のように答える。

この変わり者の公家さまは、すっかり探索に味をしめてしまったようだ。

──まあ、いいだろう。

三次郎自身、探索や聞き込み、捕物などから遠ざかって、暇《ひま》をもてあましている。業平の掛という名目で殺しの探索がおこなえるのであれば、渡りに船と言えるかもしれない。

「下手人はわかっているのか」

「いや、まだのようですぜ」

人が殺されたというのに、思わず三次郎の血が騒いだ。自分の手で下手人をあげるという、八丁堀同心の魂《たましい》に火がついたのかもしれない。

「磨の旦那も、すっかり探索慣れしましたね」

嬉しそうに寅吉が言うと、

「そうかもしれませんね」

いつものように涼しい顔で業平が答えた。

二

北本所番場町にある旅籠の丸味にやってくると、寅吉の手下たちが門口に立ち、誰も出入りできないようにしていた。

「ご苦労」

肩で風を切って門口に立つと、寅吉が業平のために道を空けた。

旅籠の玄関に、主人らしき男がいる。案の定、

「丸味の主、義兵衛《ぎへえ》でございます」

義兵衛は、初老の痩せた男だった。

「南町奉行所の和藤田だ」

ご苦労さまです、と頭をさげてから、義兵衛は怪訝な目で業平を見た。

それにかまわず寅吉が、

「さっそく、殺しの現場に案内してくださいな。それと、泊り客は足止めしているんでしょうね」

「どなたさまにも、宿から出ないようお願いしました。では、現場にご案内します」

階段をあがる義兵衛に、業平、三次郎、寅吉の順で続いた。

階段をのぼりきると、廊下を奥に向かって進み、

「そこでございます」

突きあたりの部屋の襖を開けると、女の亡骸《なきがら》があった。

「殺されたのは女中なんですって」

寅吉が尋ねる。

「女中のお幹《みき》でございます。かわいそうに、まだ十七でした」

お幹の亡骸と対面し、悲しみが募ったのだろう、義兵衛の声が震えた。

お幹は、親戚の娘であるという。親は相模《さがみ》の川崎宿《かわさきじゅく》で饅頭屋をやっていて、二年前から行儀見習いを兼ね、義兵衛のもとにあずけられたのだった。

仏となったお幹は、目を大きく見開いていた。顔色がどす黒くなり、喉仏《のどぼとけ》の周囲に指の跡がある。

「首を絞められたようですね」

寅吉が言う。

業平は黙ってお幹の亡骸の脇にしゃがみこみ、じっと視線を注《そそ》いでいた。

そして、

「お幹はこの部屋になにをしに来たのですか」

部屋はがらんとしていて、片隅には布団が畳まれている。誰も宿泊をしていないようだ。開け放たれた窓の外には、桜の木が広がっていた。

義兵衛が口ごもっていると、

「給仕にやってきたようではないですね。お茶も食膳もありません」

三次郎が応じた。

「この部屋にお泊まりになったお客さまはおられませんので、お幹がどうしてここに来たのか……」

心あたりがない、と義兵衛がうなっている。

三次郎が確かめるように、

「お幹が見つかったのは半刻ほど前だな。朝五つ（午前八時）ということになる」

「そうです。ちょうど、寅吉親分が見廻りをして来られたんです」

「そうですよ。ま、不幸中の幸いってんですかね。ちょうど、手下どもを引き連れて見廻りをしていたら、こちらの義兵衛さんが血相を変えて飛びだしてきたんでさ。女中が殺されたって聞いて、あっしは、すぐに手下を旅籠のまわりに配置して目を光らせました。絶対に下手人が逃げださねえようにね」

心持ち自慢げに、寅吉は腕まくりをした。毛むくじゃらの二の腕は、いかにも頼もしげである。

「本当に人の出入りはなかったのか」

三次郎は少し意地の悪い聞き方をした。

「間違いねえですよ」

むきになって寅吉が答える。

「わかった、そう怒るな。で、義兵衛、泊まり客と奉公人はどうした」

「下の桐の間にお集まりいただいております。玄関のすぐ右手です」

「奉公人は」

「帳場に集まってます。女房と料理人、下男の三人ですが……あの、こんなことを申してはなんでございますが、奉公人がお幹を殺すなど考えられません。お幹は、それはもう、みなからかわいがられておりましたから」

「ならば、話を聞きましょうか」

三次郎は思わず、業平に指示を仰《あお》いでしまった。業平も当然のように応じる。

「まずは、泊まり客からはじめましょう」

寅吉が、宿帳を持ってくるよう義兵衛に言った。すぐに宿帳は取り寄せられ、三次郎がまずそれを見た。

「宿泊者は全部で五人か」

「はい、二階におふたり。一階に三人です」

「では、ひとりずつ話を聞こう」

三次郎が言うと、業平もうなずく。

「なら、あっしがひとりずつ呼んでまいりますよ。手下に言って、逃げないよう見張らせます」

「そうしてくれ」

「合点だ」

寅吉はあわただしく、階段を駆けおりていった。

「わたしはいかがしましょう」

おずおずと義兵衛が聞いてくる。三次郎が答える前に、

「帳場にいなさい。お幹の亡骸についていてやるのです」

業平は命じた。

そのあまりにも堂々たる物言いには、逆らえる余地などない。

「これは、簡単に下手人を挙げられますよ」

そっと三次郎が業平の耳元でささやくと、

「どうしてそんなことが言えるのですか」

業平はしれっと問い返す。

「だって、下手人は五人のなかにいるんですよ」

「奉公人たちは勘定に入れないのですか」

「そうでした。すると義兵衛を入れて、九人ということになりますね」

頭で数えながら、三次郎は続けて、

「ですが、下手人は逃亡していないようですから、それほど大変なことはございますまい」

「そうだといいのですが……」

業平の言い方には、妙に引っかかるものがあった。すると、それを暗示するかのように、寅吉が大きな声で叫《さけ》んだ。

「まったく、どうしたんだ」

三次郎がつぶやくと、寅吉がやってきて、

「妙なんですよ。泊まり客は四人しかいないんです」

「逃げたのが下手人ということか」

そこに義兵衛も姿を見せ、

「いないのは、お侍さまです」

急いで三次郎が宿帳に視線を落とす。

「向井《むかい》修五郎《しゅうごろう》、上州《じょうしゅう》　高崎《たかさき》藩士……か。女とふたり連れだな」

「さようでございます」

「追うんだ」

三次郎が命じると、寅吉がひと声応じて、階段を駆けおりていった。

気を取り直すように、

「まずは、向井と一緒にいた女を呼んでもらおうか」

三次郎が言った。

「わかりました」

義兵衛は出ていくとともに、

「下手人は、その向井という侍と考えて間違いないでしょうね」

業平に意見を聞いてみた。

「それは早計ですね。それに妙な感じもします。侍たる者、一緒にいた女を残して逃げるものでしょうか」

「それは、まあ……その女とどういう関係なのかにもよるかと」

答えを探そうと三次郎が首をひねったとき、義兵衛が女を連れて戻ってきた。

落ち着いた感じの、地味な着物を着た女で、いかにも武家の育ちと思わせる。

「まあ、座ってください」

三次郎にうながされ、女は座った。義兵衛が頭をさげて、部屋を出ていく。消えた宿泊者のことを知りたいはずだろうに、義兵衛なりに気を使っているのだろう。

「向井殿のご妻女でござるか」

「いいえ、妹でございます。喜代《きよ》と申します」

喜代はうつむき加減に答えた。

「向井殿は、高崎藩の藩士ということですが、江戸へはなにゆえ来られた」

「それが……」

喜代は一瞬、ためらう風だったが、きっと顔をあげ、

「仇討《あだう》ちでございます」

「仇討ち……」

三次郎は驚きの声をあげた。

とたんに業平は興味が湧いたようで、目に光を帯びさせた。

「仇討ちとは大変ですな」

仇討ちの苦労は、三次郎も知っている。

仇討ち相手を求め、長い歳月をかけて旅を続けねばならない。

それでも、相手を探しあてられればいい。多くは仇《かたき》にめぐりあえず、路銀《ろぎん》が尽きて身を持ち崩す者も珍しくはなかった。

また、仇討ち相手と遭遇しても、本懐《ほんかい》を遂げられる保証はない。返り討ちに遭《あ》うことも覚悟せねばならないし、かといって、仇討ちをやめるわけにもいかない。

成就《じょうじゅ》するまで、国許《くにもと》に戻ることはできないのだ。

それだけに、ひとり残された喜代が憐《あわ》れに思えてきた。

「五年前、天保四年（一八三三年）の秋でございました。父の向井正一郎《しょういちろう》は藩の御納戸頭《おなんどがしら》をしておったのですが、酒の席で部下の沢村格之進《さわむらかくのしん》と言い争いになったのです。父は、沢村が御納戸役の役職を利用し、出入りの商人から賂《まいない》を受け取っていることを非難しました。沢村はそのことを根に持ち、卑怯《ひきょう》にも父を闇討ちにしたのです。兄とわたしは、藩から仇討ち許可状をいただき、沢村を探して諸国を旅していたのです」

「それで、江戸に来られたということは、仇である沢村が江戸にいるということですか」

「江戸の藩邸から連絡がまいりました。本所界隈《かいわい》で、沢村を見た者がいるというのです」

昨日から、喜代は兄の修五郎とともにこの旅籠に泊まり、本所界隈を探しはじめたのだという。

「この旅籠にまいられたのは、昨日が初めてですな。つまり、殺された女中のお幹のことは、それまで兄上も喜代殿もご存じなかったと」

「もちろんです」

喜代はしっかりと首を縦に振った。

「今朝はどこにおられた」

それでも三次郎に疑われることが意外だったのか、喜代は戸惑《とまど》う風に視線を泳がせていたが、

「部屋におりました」

「部屋というと、二階の松の間ですね。階段をのぼって、すぐ右手にある」

「そうです」

「兄上はどうされていました」

「六つ半に朝餉《あさげ》を食し、厠《かわや》へ行くと言ってました。それきり、戻ってまいりませ

ん」

「厠に立ったまま消えてしまったということですか」

「そういうことになります」

どうしていいのかわからないといった風だ。

と、業平が、

「朝餉を運んできたのは、お幹でしたか」

「申しわけございませんが、お幹という方を存じませんので……」

「義兵衛に確かめなさい」

三次郎のほうに向き、業平が命じた。

三次郎は部屋を出ると、階段をおりて帳場にいる義兵衛に確認を取り、お幹が朝餉を運んだということがわかった。それから義兵衛は、部屋の外で控えていることになった。

「向井殿の失踪《しっそう》は、お幹が朝餉を運んだことと関係があるのでしょうか」

三次郎が業平に聞く。

「まだ、わかりませんね。喜代殿を前にして申すのもなんですが、向井殿、喜代殿と、お幹のつながりを探すことは必要でしょう」

業平の物言いは、いかにも向井を疑っているようである。

それは、三次郎とて同様であった。

宿泊客のなかで、ただひとりいなくなっているのだから、疑いの目を向けられてもしかたがない。喜代は、兄が疑われることに耐えられなくなったのか、

「あの、わたしはどうすればよろしいのでしょう」

「そうですな」

三次郎自身、どうしようか決めかねていると、

「泊まっている部屋にいなさい」

命令口調だが、その凛とした品のある業平の声音は、有無を言わせない威厳に満ちていた。喜代もうなずき、そのまま部屋を出ていく。

「次の者を呼びなさい」

業平に言われ、三次郎は部屋を出た。

三

次に呼ばれたのは、僧侶だった。

といっても、垢《あか》じみた墨染《すみぞ》めの衣《ころも》に身を包んだ、旅の修行僧、すなわち雲水《うんすい》である。

衣の間から覗く胸板は、向こう側が透けて見えるのではないかと思うほどに薄い。顔色も悪く、黄色く煤《すす》けて見えた。左の二の腕に晒《さらし》が巻いてあることから、怪我をしているようだ。

三次郎は宿帳を見ながら、

「妙栄《みょうえい》殿ですな」

「さよう。生国は出羽《でわ》、宗派は臨済宗《りんざいしゅう》です。いまは修行の旅を続けております」

声も身体つきと同様、弱々しくかすれ気味で、聞き取るのに苦労する。

「三日前から逗留《とうりゅう》されてるようだが、この宿に泊まられたのは初めてか」

「はい」

「いつまでご滞在になられる」

「今日にも、東海道を西に向かうつもりでおりました」

「今朝はなにをしておられた」

「朝餉を食し、出立しようと思った矢先、騒ぎが起きましたので、足止めを食った次第です」

妙栄は淡々と語る。

いかにも滋養《じよう》が足りない外観からして、路銀にも不自由しているであろうと想像がつく。よく、この旅籠に泊まることができたものだ。

その疑念は、業平も同じと見え、

「旅籠に泊まる路銀はあったのですね」

いかにも業平らしく直裁《ちょくさい》に問うたが、妙栄は動じることなく、

「義兵衛殿の情けにすがった次第です」

業平が三次郎に目配せをしてきた。三次郎は障子を開け、部屋の外で控えていた義兵衛に向かって、

「義兵衛、ちょっと来てくれ」

「はい、なんでございましょう」

義兵衛が言いながら入ってきた。

「おまえ、妙栄殿をただで泊めてやったのか」

三次郎の問いに、義兵衛は特別に誇ることもなく小さくうなずいた。

「それはまた奇特なことだな。おまえ、臨済宗なのか」

「そういうわけではございません。じつを申しますと、わたしは出羽の出でござ

います。十歳のころ父に連れられて、江戸に出てまいりました。父は江戸でひと旗あげようと、あれこれ商売をやったのですが、結局、残ったのはこの旅籠だけです。先日、妙栄さまが托鉢《たくはつ》に来られたおり……」

義兵衛がここまで言ったときに、妙栄が、

「情けないことに、ろくに食することもできずにおりましたので、門口で倒れてしまったのです」

倒れた妙栄を、義兵衛は旅籠に運んで介抱《かいほう》した。見るからに衰弱していたそうで、粥《かゆ》を与え、話しを聞くうちに、

「妙栄さまは、出羽の総法寺《そうほうじ》のご出身とか。総法寺は、幼いころにわたしがよく遊んでおったところです。そう、一日中遊んで、夕暮れになると、おっかさんが迎えにきてくれて……」

義兵衛が遠くを見る目をした。幼いころを懐《なつ》かしんでいるのだろう。

「妙栄さまを放っておけず、僭越《せんえつ》ながら、ご面倒を見させていただくことにしたのです」

三日前から、義兵衛は妙栄を旅籠に逗留させ、元気になるまで食事などの世話をしたという。

「まことに世話になりました」

妙栄はあらためて義兵衛に頭をさげた。

「たいしたことではございません」

晴れ晴れとした顔で、義兵衛が手を振る。

「御坊が旅立とうとした矢先に、このようなことになったというわけだな」

三次郎が確認をした。

「まったく、拙僧が申すのもなんでございますが、不憫《ふびん》なものですね。お幹は、それは親切な娘でございました」

お幹の冥福《めいふく》を祈るように、妙栄は両手を合わせた。

「お幹はそんなに親切だったか」

「それはもう……食事の世話や身体を拭いてくれたりと、甲斐甲斐しく働いてくれました。拙僧が、鰻《うなぎ》が好物と言いますと、蒲焼《かばやき》を持ってきてくれたりもしたのです。旅に飽《あ》いておりました我が心が、どれほど癒されたことか……」

しんみりとした空気が漂《ただよ》ったところで、

「その怪我はどうされたのですか」

業平が乾いた声を発した。

「ああ、これですか。江戸近郊の田圃《たんぼ》の畦道《あぜみち》を歩いていたとき、うっかり転びまして……運が悪いことに、そこに鎌《かま》が転がっておったのです」

妙栄が、晒の上から撫でた。納得したのか、業平はそれ以上、問いを重ねようとはしなかった。

もはや質問も尽き、三次郎が申しわけなさそうに言った。

「すみませんが、もうしばらく部屋でお待ちください」

「承知しました」

よろめくように立ちあがると、妙栄は、義兵衛の肩を借りながら部屋を出た。

「次は誰ですか」

業平が聞く。

「大工の米吉《よねきち》です」

三次郎が腰をあげると、戻ってきた義兵衛が、自分が呼んでくる、と言って出ていった。

「あの雲水は白ですね」

ふたりきりになり、三次郎が言った。

「そうでしょうか」

「お疑いなのですか」

「疑っているというか、疑いを解くことはできないですね」

「どうしてですか」

「雲水にしては、仏の教えを守っていないようです」

「というと……」

「鰻を食べていましたね」

「それは、身体が弱っていて、滋養をつけたかったからでしょう。あのか細い腕に、あの身体ですよ。そもそも、いくら相手が娘だからといって、絞め殺すことなどできるでしょうか」

「わかりませんよ。いいですか、妙栄は三日間、この宿に逗留していたのです。その間、お幹との間になんらかの確執があったとしても不思議はないですね」

業平に澄まし顔で言われると、妙に納得してしまう。

「それに……気がつきませんでしたか、左手の二の腕」

「畦道に転がっていた鎌で怪我をしたと言ってましたが」

「それを信じるのなら信じなさい。ひょっとして、お幹と揉みあっているときに負った怪我かもしれません。ま、そんなことはないでしょうけどね。今日、怪我をしたばかりなら、義兵衛がそのことを知っているはずですから」

いつにも増して、業平の物言いはつかみようがない。

そこへ、日に焼けた中年男が入ってきた。袢纏《はんてん》を着て、紺の腹掛けをしており、見るからに大工である。

「大工の米吉だな」

へい、と、米吉はぺこりと頭をさげた。

「江戸にはなんの用でまいった」

三次郎が聞く。

「以前、世話になってやした棟梁《とうりょう》の手伝いです」

現在、米吉は生まれ故郷の銚子《ちょうし》に戻って、大工をしているという。それが、江戸で世話になった棟梁に、大仕事の手伝いを頼まれたのだ。

「明日からは、棟梁の家に泊めてもらうんですがね、昨日と今日は、旅籠に泊まって……」

「泊まって、どうしようというのだ」

米吉が照れたように笑う。その顔を見れば、

「そうか、遊びか」

どうやら図星のようだ。

ひさしぶりにやってきた江戸で、米吉は羽を伸ばそうとしたのだろう。この旅籠に泊まり、両国橋東小路《りょうごくばしひがしこうじ》や永代寺門前町《えいたいじもんぜんまち》といった盛り場をうろついたようだ。

「今朝はなにをしていた」

「朝は早いほうなんで、明け六つに飯を食ってから湯屋に行ってました」

「どこだ」

「この近所の鶴の湯です」

三次郎は、米吉の言葉に嘘はないかと、顔をじっと見つめる。とりあえず、受け答えに不審なところは見受けられないし、肌艶《はだつや》のよさは湯の帰りという話を裏付けているように思える。

「念のために聞くが、殺されたお幹のことを見知っていたか」

「知るはずありませんや。この旅籠だって初めてですよ」

米吉は、はきはきと答えた。

三次郎が視線を送ると、業平は、聞くことはない、とかぶりを振った。

続いて、峰蔵《みねぞう》という男が現れた。右足の具合が悪いのか、大儀そうに引きずっている。

宿帳によると、大坂《おおさか》からやってきた薬売りということである。

入ってきてまず驚いたのは、峰蔵の面体《めんてい》であった。右目が不自由らしく、眼帯を巻いていて、顔は髭《ひげ》に覆われている。風呂に入っていないのか、髪は砂混じりで顔も汚れ、着ている服も垢や泥まみれだ。

幸い、気になるほどの臭気は発していないものの、よくこれで商《あきな》いがやっていられるものである。

「わては、一昨日にこの宿にやってまいりました」

義兵衛もうなずき、峰蔵の証言を裏付けた。そして、それでは足りないと思ったのか、

「峰蔵さんは本所、深川界隈にお客さんを持っておられるそうです。それで、今回の行商では、うちを贔屓《ひいき》にしてくださったのです」

峰蔵は義兵衛の言葉に、うんうんとうなずいている。そんな峰蔵を、業平は物珍しそうに見ていた。

三次郎は、ごほん、と咳払《せきばら》いして、

「お幹とは言葉を交わしたな」

「それは、そうでっけど。わてが殺したんやおまへんで」

「そんなことは言っていない」

「そうおっしゃったかて、お役人さまの目を見たらわかりますがな。わてのこと、怪しい奴やと思うてはんのやろ。そら、この風体《ふうてい》やさかい、そう思いはるのは無理ないけど……ほんでも、こんな風体やからこそ、お客さまがわてのことを覚えてくれるんですわ。なにせ、わては行商人やさかい、何遍も顔を合わせられるもんやない。せやから、こんななりも、商いには役に立ってるわけですわ」

怖そうな風体とは違い、峰蔵はやたらと饒舌《じょうぜつ》な男であった。

なるほど、この舌でまくしたてられると、外見との落差に相手は驚くだろう。

だが、いったん親しくなれば、忘れがたい人物ではある。

峰蔵はいかにも怪しげだったが、お幹殺しとは関係がなさそうだ。

あの不自由な右足では、お幹を絞殺するのも難しいだろう。峰蔵には、部屋に戻って待機するよう言いつけた。

四

そこへ、向井を追っていた寅吉が戻ってきた。

だが、消えた向井ではなく、女を連れている。

歳のわりには派手な着物を着た五十くらいの女で、どこか崩れた感じを漂《ただよ》わせていた。顔中に無数の皺《しわ》を刻んでいるものの、目鼻立ちは整っていて、若いころはさぞや美人だったろう。

三次郎が目で寅吉に説明を求めると、

「この旅籠ってのは、正面と左右が往来に面してましてね、裏手が一軒家と接しているんです。そんでもって、正面と左右は、あっしの手下がしっかりと見張ってました。そらもう、目を皿のようにしましてね。蟻《あり》一匹、見逃さないよう周到なもんでしたよ」

寅吉の真面目ぶった様子がおかしいのだろう、業平が笑い声をあげた。寅吉は心外だとばかりに顔をしかめたが、

「本当ですって。そんでもって、じゃあ逃げられるのはどこかって調べてみますとね。裏手にある一軒家……ここにいるお金《かね》の家ってことなんですよ」

寅吉は「すんません」と立ちあがると、

「これをご覧になってくださいよ」

さも大発見のように、業平と三次郎を窓際に招き寄せる。

窓の外には、八分咲きの桜の木があり、板塀《いたべい》を越して隣家まで枝を伸ばしていた。その家の主が、お金なのだろう。

「なるほど。ここから桜の木を伝って、裏のお金の家に行けばいいのか。たしかに、庭におりることができるな。となると、やはりお幹を殺したのは、向井ということになる。向井はなんらかの理由でお幹を殺し、桜の木を伝ってお金の家におり立ち、そこから逃亡したということか」

三次郎は自分ひとりで納得しながら、寅吉を振り返った。

寅吉は頭を搔きながら、

「それがですね」

いかにも渋い顔だ。

「どうしたんだ」

「お金の奴、そんな男は見なかったって言うんですよ」

当のお金はそっぽを向いている。寅吉は苛立ったように、

「おい、ちゃんとお答えしろ」

お金は面倒くさそうに、

「だから、親分。何遍も言っているじゃないのさ。あたしゃ、お侍なんか見てな

いんだよ」

「とぼけやがって」

「とぼけてやしないよ。本当のことを言っているんだ」

ふてくされるお金に、寅吉が詰め寄ろうとした。それを、

「待ちなさい」

業平が制したが、寅吉は追及をやめようとしない。

「いや、麿の旦那にはおわかりにならないでしょうがね。こういうひねくれた女は、無理やりにでも口を割らせたほうがいいんですよ」

言葉を荒らげ、なおも侍を見たはずだと、お金を責めたてた。

とうとう、業平がきつい目で、

「待ちなさい」

と、言ったものだから、三次郎もあわてて止めに入る。

寅吉は不服そうに頰を膨らませ、黙りこんだ。

業平はお金に向き、

「おまえは庭にいたのか」

お金は横を向いたまま、

「縁側に座ってましたよ。あの桜の木を眺めながらね」

「ずっとか」

「ずっとのわけないでしょ」

「おい、てめぇ……」

口をはさむ寅吉を、業平は目で制し、

「時刻はどれくらいだ」

「明け六つから六つ半頃ですよ。それが日課になってますからね。毎日、お天道さまを拝《おが》んで、日差しを身体に溜めておくんですよ。そうしますとね、身体にいいんです。ちょうど桜の方角から朝日がのぼるんで、見てるんですよ」

「日課とな……」

業平はそこで思案をめぐらした。

「妙なことをしてるもんだぜ」

鼻で笑う寅吉をよそに、三次郎が不思議そうに、

「日差しを身体に溜めるか……よくわからんのだが、そもそも、どうしてそんなことをするんだ」

するると、お金が答える前に、

「黒住教《くろずみきょう》ですね」

業平が言った。

「くろ、なんです」

寅吉が尋ねると、

「ものを知らないね、親分は」

お金が、けたけたと笑った。

「なにを！」

またもや言い争いになりそうなふたりを宥め、三次郎が、

「飛鳥殿、それはなんですか」

業平はにこにこしながら、

「西国《さいごく》や畿内《きない》を中心に流行しておる、新しい教えなのです」

黒住教は、備前《びぜん》の禰宜《ねぎ》の家に生まれた黒住宗忠《むねただ》が創始した宗教である。

両親を失った悲しみから病に罹り、重体に陥《おちい》った宗忠は、太陽を拝むことによって平癒《へいゆ》した。太陽を拝んでいると身体全体に陽気が満ち、天照大神《あまてらすおおみかみ》と一体になると言うのだ。

宗忠はこれを、「天命直授《てんめいじきじゅ》」と呼び、黒住教を各地に広めはじめた。

以来、西日本を中心に教えが広まっている。

「妙ちきりんな教えが流行《はや》るもんですねえ、旦那」

寅吉に同意を求められたが、三次郎は曖昧にうなずいただけだ。続いて、空咳《からぜき》をすると、

「ならば、その黒住教とやらの教えで、縁側で日輪《にちりん》を拝んでおったのだな」

「そうですよ」

なにが悪いのかと言わんばかりに、お金がうなずく。

「では、向井……あ、いや、それが問題の侍なのだが、向井は、本当に桜の枝を伝ってこなかったのだな」

「はい」

お金が力強くうなずいた。

――すると、向井はいったいどこへ消えたのだ。

「寅吉、この宿を捜せ」

「とっくにやってますよ。お幹の亡骸を見つけたとき、各部屋を探しました。でも、侍なんてひとりもいませんや」

「おまえの手下が見落としたのではないか」

「そんなことは絶対にありません」

寅吉がむきになった。

「わかった。そう怒るなよ」

「でもね……」

まだ納得できない様子の寅吉をよそに、

「もうよろしいですかね」

お金があくび混じりに言った。いかにも人を食った態度である。

「ま、いいだろう」

三次郎が不承不承うなずくと、

「なら、ごめんなさい」

さっさとお金は出ていった。

それと入れ替わるように、義兵衛が入ってきて、

「お金め」

苦々《にがにが》しげに顔をそむけた。

「どうした」

「はあ……あのお金は、桜が邪魔だと、毎日のように言ってくるんですよ。それ

がもう、うるさいのなんのって。朝日がうまく拝めないから切れと言うのですが……ほかにも、こちらに伸びた枝の桜の花が、庭を汚すとか」

「桜を嫌いな人間もいるのですか」

妙なところで業平が興味を示すと、

「まったく、変な女ですよ」

寅吉が吐き捨てた。

「こう申してはなんでございますが、この界隈では、お金はたいそうな偏屈者《へんくつもの》で通っております。心がねじれておる、と」

義兵衛が顔を歪めて言った。

「そら、言いえて妙ってやつですよ。心がねじれた女か」

寅吉が大きく手を打ち、

「やっぱり、お金が向井を見なかったってのは嘘かもしれませんぜ」

「どうしてそんな嘘をつく」

「嫌がらせですよ。あっしらや丸味が困っているのを見て、喜んでるんです」

「まさか」

「きっと、そうですって。あっしには、すぐにぴんときたんだ。こいつは、底意地の悪い女だなって」

三次郎が、義兵衛に尋ねる。

「お金はなにをして暮らしているのだ」

「もとは、永代寺門前町の岡場所で女郎をやっていたんですがね。それが、醬油《しょうゆ》問屋のご隠居の後妻におさまったんですよ。五年前に旦那が死ぬと、遺族からあの家と財産の一部をもらって、住みついているんです」

「黒住教には、そのころから帰依《きえ》しているのか」

「おそらく、そうでございましょう。住んでしばらくしたら、やたらと、お天道さまを拝むようになってました。それで、うちにも言いがかりをつけるようになったんです」

義兵衛は顔をしかめた。

五

「向井はどこへ行ったのでしょうね」

業平があらためて疑問を投げかけた。

「それは」

三次郎が考えこむと、

「決まってますよ」

お金が見て見ぬふりをしたのだ、と寅吉がふたたび言い張った。

「しつこいね」

業平が苦笑を漏らすと、

「磨の旦那は、お金の言っていることを信じるんですかい」

寅吉は、いかにも不服そうな物言いをした。

「ならば、逆に問うが、寅はどうしてお金の申すことを信じないのだ」

「だって、お金ですよ。このあたりじゃ評判の、偏屈女です。そんな女の言うことなんて信じられませんや。現に、向井はどこにもいねえんです。逃げるには、お金の家しかねえんですから」

「では、さらに問うが、いったいなんのために、お金はそのことを黙っているのですか。我らへの嫌がらせというのは、どうもいただけません。そんなことをすれば我らの心証を悪くし、かえって疑いを濃くするのですよ」

「それは……金ですよ。向井から金をもらったんです」

「お金だけに金と申したいのですか」

おかしそうに、業平が軽口を叩いた。寅吉はむっとしたように、

「口封じされたんですよ」

たまらず、三次郎が間に入り、

「ともかく、向井を見つけださねばならん。引き続き探ってくれ」

「わかりました」

寅吉は出ていくと、三次郎は業平に向かって、

「やはり、お幹殺しの下手人は、向井修五郎でしょうか」

「わかりませんね。もし、向井がお幹を殺したとして、どういう理由があったのでしょう」

「それです。そこがわたしにもさっぱりわかりません。向井と妹は、仇討ちの旅で江戸にやってきました。お幹と接触したのは、わずかの間です。その間に、お幹を殺すほどの理由が生じたとは思えません」

「どうしてです」

「ほんの二、三度、顔を合わせただけで、ろくに言葉を交わしたこともない相手を殺すでしょうか。向井がお幹を殺すとしたら、金目的ではないでしょう。殺し

てまで奪う金を、お幹が持っていたとは思えません。だとすると、恨みでしょうか。しかし、ほとんど知らない相手に、殺意など抱きようもない。いや、絶対にないとは言えませんがね……たとえば、なにかお幹に侮辱されたとか」

「侮辱とは……」

「武士の沽券《こけん》にかかわるような、ひとことです」

「でも、お幹はそんな女でしょうか。泊まり客、たとえば、妙栄の申したことを思いだしなさい。お幹の献身ぶりを、誉め称えていたではありませんか。そんな女が、人を傷つけるような言葉を発するとは思えませんが」

業平は確かめるように義兵衛を見た。

「それはもう……お幹は、誰に対しても親切だと、評判の娘でございました。お客さまにもたいそう評判がよくて」

義兵衛がしんみりと言った。

「そんなお幹を、向井は殺した……」

腕組みをして考えこんだ業平は、ふと、なにかを思いついたように、

「いや、向井と決まったわけじゃないですね」

さらに、話題を切り替え、

「それにしても、峰蔵という男は妙でしたね」

「と、おっしゃいますと」

「妙ですよ」

思わせぶりな笑みを浮かべるだけで、業平は答えを発しなかった。

それから、三次郎が奉公人たちの取調べをおこなった。

業平はまるで興味を示さず、それには立ちあわなかった。

奉公人たちの言動に不審な点は見られず、義兵衛が言ったように、みながお幹をかわいがり、その死を心から悲しんでいた。

寅吉は、手下に向井の行方《ゆくえ》を追わせながらも、どうしてもお金のことが気になってしかたがない。

「きっと、なにかある」

そうつぶやくと、ひとりでお金の家の木戸をくぐった。

お金は、母屋の縁側に腰掛け、相変わらず日輪を拝んでいる。

寅吉に気がつくと、

「おや、親分さん。まだ、なにかお話があるのかい」

「ああ、ちょいとな」

言いながら、ふと、お金のかたわらにある紙入れに視線を注《そそ》いだ。お金は寅吉の視線に気がつき、

「ちょうど、いいところに来たよ。これを番屋に届けようと思ったんだ」

お金が紙入れを差しだした。受け取って中をあらためると、二十両近くが入っている。

「なんだこれ？　どこで拾った」

「どこって、庭だよ」

「庭だと」

「庭のあそこに」

お金が腰をあげ、庭を横切った。丸味と接している板塀の近くまで行き、桜の木の下を指し示した。

「こんなところにだと」

いかにも胡散《うさん》くさそうに、寅吉がお金をじろりと見る。

「なんですよ」

心外とばかりに、お金がむっとした。

「おまえ……ひょっとして、これを向井からもらったんじゃねえか」

「違いますよ。何遍も言いましたけど、あたしゃ、向井なんてお侍、見たこともありません」

「そうかな」

「なんですよ、その疑わしそうな目は」

「疑わしいじゃなくって、疑ってるんだ」

寅吉はそう凄むと、生垣に向かって歩き、往来にいた手下に向かって、

「野郎ども、家捜しだ」

と、叫んだ。

あっという間に、手下が三人ほど雪崩《なだ》れこんでくる。

「ちょ、ちょいと、なんだよ」

お金の耳障《みみざわ》りな金切り声に、手下たちは一瞬、立ちすくんだが、

「かまわねえ！　いいから、家捜しだ」

寅吉に叱咤《しった》され、母屋に向かった。

「なにすんのさ」

なおもお金は、凄まじいまでの剣幕でわめきたてていた。

「なにすんのさ」

お金の金切り声が聞こえ、三次郎が業平を見る。業平が窓際から見ると、わめくお金をよそに、寅吉が手下を従えて家捜しをはじめるところだった。

「おい、寅吉」

三次郎が呼びかけるが、夢中になっているのか、寅吉の耳には入らない。

突然、業平は窓をまたぐと、ひらりと桜の木に飛び移った。

桜の枝はわずかに揺れるだけで、業平は身軽にするすると枝を渡り、お金の家の庭におり立った。

とっさに三次郎も続いたが、当然、業平のようにはいかない。悪戦苦闘の末に枝を伝い、なんとかおりたのはいいが、尻をしたたかに打ってしまった。

三次郎の災難には見向きもせず、業平は寅吉のほうに走り寄った。

「寅、やめなさい」

「だって」

「いいからやめさせない」

業平に強く言われ、

「おい、中止だ」

寅吉が手下を止めた。業平が優しげな口調で、

「お金、すまなかったね」

「まったく、災難ですよ。あたしの話を信じてもくれず、それどころか家捜しをしようなんて……この馬鹿親分」

「なにが馬鹿だ」

お金の言葉に、寅吉が嚙みついた。

「馬鹿だから馬鹿だって言ったんだよ」

「なにをこの偏屈女！」

「ああ、わたしは偏屈だよ。心のねじれた女さ。でもね、向井ってお侍なんか見たこともないし、会ったこともないってのは、たしかなことさ」

「だから、それが噓だってんだ」

「なら、証《あかし》を出してもらおうじゃない」

「それを探そうってんじゃないか」

「そんなもの、あるわけないだろ」

「じゃあ、この紙入れはなんだよ」

寅吉が紙入れを示した。

業平も興味をそそられたようで、

「その紙入れはなんですか」

「たぶんですがね、向井の紙入れですよ」

寅吉が言うと、

「また言いがかりかい。どうせ信じちゃくれないだろうけどさ、拾ったって言ったじゃないか」

そう言って、お金が紙入れを拾ったという場所に立った。

「なら、向井がこの紙入れを落としたと言うのか。やっぱり、ここに来たんじゃねえか」

「そんなことは知りませんよ」

とうとう癇癪《かんしゃく》を起こし、お金はそっぽを向いた。

業平は三次郎のほうに向いて、

「たしかに向井の紙入れなのか、妹の喜代に確かめる必要がありますね」

「わかりました」

「それから、寅、この家から引きあげなさい」

「ですが……」

寅吉は未練たらたらである。

「いいから引きあげるのです」

「こちらのお方は、よくわかっていらっしゃるよ」

勝ち誇るように、お金がにんまりとした。

六

悔しそうに唇を歪めた寅吉が、手下とともにお金の家を出ていくと、業平と三次郎も、お金の家から引きあげた。

寅吉を従えて丸味に戻り、二階の奥の部屋に喜代を呼ぶ。

喜代の瞳は、深い苦悩の色をたたえていた。業平が紙入れを示し、

「この紙入れに見覚えはありますか」

即座に、

「はい。兄のものです」

「やっぱりだ」

寅吉が手を打った。

「これで決まりですよ。お金の奴が嘘をついたに決まってます」

なんのことだかわからない喜代は、おろおろと視線を彷徨《さまよ》わせていた。

業平が難しい顔をして、

「この紙入れは、裏にあるお金という女の家の庭にあったのです。寅はその点から、向井殿が紙入れをお金に渡し、お幹を殺して裏から逃亡した、と考えておるのです」

「まあ」

喜代は小さく驚きの声をあげた。

「そうに決まってますよ」

すっかり寅吉は決めこんでいる。

「では、兄は……」

喜代は動揺を隠せないようだ。そこで業平は、いえ、と前置きして、

「ですが、お金は、向井殿のことを見ていないと申しています」

「ですから、それは、お金が嘘をついているんですよ」

寅吉は執拗《しつよう》だ。

「兄は、お幹という娘を斬って逃亡したのでしょうか」

もはや、喜代の目は虚ろになっていた。

「もう一度、尋ねます。向井殿とお幹との間で、いさかいはありませんでしたか。どのような些《さ》細《さい》なことでもかまいません」

「いいえ、そのようなことはございません」

「また、念のためにもう一度、聞きますが、この旅籠は初めてですね」

「はい」

「ここに泊まる以前に、お幹のことを見知っていましたか」

「いいえ、まったく知りませんでした」

「すると……お幹殺しの下手人が、向井殿というのも怪しくなりますね。それに、紙入れをお金に渡したというのが、どうにも解せません。口止め料として、金子《きんす》だけ払うならまだしも、紙入れごと渡すでしょうか」

「あっ、じゃあ、お金が向井さまを殺したのかもしれませんよ。そんで、紙入れを奪ったんだ」

寅吉が口をはさむと、

「兄が殺された……」

喜代の大きな目が激しく揺れた。喜代の思いを斟酌《しんしゃく》したのか、業平が心持ち優しげな口調で、

「それはありません。向井殿は武士ですよ」

「いくらお侍さまだって、背中からずぶりとやれば、わかりませんや」

「庭に血の痕はなかった」

「きっと、うまく掃除したんでさあ」

「推論に推論を重ねただけで、現実味がありませんね」

業平は、いつもの澄まし顔になった。寅吉とて、業平に面と向かって文句を言うわけにもいかず、口をへの字に閉ざした。

「実際の話をしましょう。喜代殿、兄上と仇討ちの旅に出て、五年が過ぎたと申しましたね」

喜代は小さくうなずく。

「五年とは長い歳月です。紙入れには、路銀が二十両あまり。なかなかに豊かですね」

「いろいろと親戚のみなさまからのご支援であったり、藩からの援助があったりもします」

それまで黙っていた三次郎が、

「それにしても二十両とは潤沢《じゅんたく》な金ですな」

「お疑いでございますか」

喜代はきつい物言いをした。三次郎はいっこうに気にする風もなく、

「嫌なことを言うようですが、近頃、仇討ちと称して、旅籠をただで泊まったり、泊まり客の金品を奪うという盗人がいるのです」

「わたしたちは違います」

色めき立った喜代をなだめるように、業平が、

「あなた方がそうだと申しておるのではありません。ただ、五年も仇討ちの旅を続けると、心が倦《う》んだりしませんか。つまり、もうこんな仇討ちの旅などやめて、どこかへ逃亡したい、と。わたしならそうなるでしょうね」

「そのようなことはございません。兄もわたくしも、父上の仇を討つまでは旅をやめるつもりはありません」

喜代は唇を噛んだ。

「だとしても、向井殿がいなくなったのは現実の話です。つまり、いなくなった理由があるはずなのです。そしていまもっとも考えられるのは、お幹を殺し、発

覚するのを恐れて逃げた……ということでしょうか」

問いかけるような物言いをしたが、業平はすぐに自分で、

「でも、それは違いますね。たとえ、殺したとしても、あなたを残し、おまけになにも告げずに逃亡をはかることはないでしょう。それに、紙入れがお金の家にあったことも、疑問に感じられます」

と、ここで窓辺に近寄った。三次郎、寅吉も続き、喜代もやってきた。

「ここからですと……」

業平はお金の家を見おろした。

「縁側に座っていたお金を見ることはできませんね」

なるほど、桜の木が邪魔になり、母屋は見通せない。

「ほんとだ」

寅吉も身を乗りだすようにしている。喜代だけは、なんのことかわからず、ただ怪訝な表情を浮かべていた。

「もし向井殿が、桜の枝を伝い、お金の家に逃れようとしても、お金がいるとは思わなかったでしょうね」

「そうですよ。だから、向井さまは、この窓から逃げようとなすったんだ」

寅吉は勢いこむ。

「ならば、寅、紙入れはどう説明をつける」

「ですから、向井さまは、お金の口を封じるために紙入れを……やったんじゃないのか。知らないはずだものな……」

寅吉の声が、見る見るしぼんでいく。

「お金にやったのではないとしたら、向井殿が桜の枝を伝うときに、うっかり落としてしまった、とも考えられます。しかし、そうだとしても、向井殿はお金の庭を通ったことになり、お金がそれを見ていなかったこととは矛盾《むじゅん》します」

「ですから……」

寅吉の反論は、三次郎に目で制された。

「となると、こう考えるのが自然ではないでしょうか。向井殿は、窓越しに紙入れを投げた」

そう言って、業平は右手でなにかを投げる真似をした。

さかんに首をひねる寅吉を尻目に、三次郎は気になったことを尋ねた。

「そもそも、なぜ、そんなことをしたのですか」

「なぜだと思いますか」

「紙入れが逃亡の邪魔になったか……」

「そんな馬鹿な」

業平がころころと笑った。三次郎は恥じ入るように、

「そうですよね。たとえ、二十両近くのお金が入っていても、紙入れはそれほど負担にはなりません。すると……」

「痕跡《こんせき》ですよ。向井殿は、ここからお金の家に逃げたと見せかけたのです」

「見せかけた……どういうことですか」

「言葉どおりですよ」

澄まし顔で言った業平であったが、さすがに言葉足らずと思ったのか、

「この部屋から逃亡するとすれば、この窓しかありません。階段をおりると、泊まり客や奉公人たちの目についてしまうでしょう。ですから、この窓から桜の木を伝って裏の家におり立ち、そこから逃げたと見せかけるしかなかったのです」

業平は淡々と語る。

唸り声をあげる寅吉とともに、三次郎は頭の中で業平の考えを整理した。

「では、お尋ねしますが、向井殿は逃亡と見せかけただけで、実際には逃げていないのですか」

「わたしの話を聞いていなかったのですか」

その物言いは、いかにも小馬鹿にしたものだった。三次郎は腹立ちをぐっとおさえ、

「よくわかりません。現に、向井殿はこの旅籠にはいないのです。実際に逃亡をしたのではないとは、どういうことですか」

だが、業平はそれには答えず、喜代に向かって、

「わたしの申したことは間違っていますか」

喜代はなんのことだかわからないといった風に、

「わたくしにはわかりませんわ」

「そうでしょうかね。あなたなら、おわかりになっていると思いますよ」

「いいえ」

目を伏せた喜代に、業平は厳しい目をして、

「おわかりのはずです！」

いつにない強い口調で問いつめた。

三次郎は喜代をかばうように、

「ちょっと待ってください。どういうことなのですか」

「話しなさい」

それでも、業平の責めるような口調は変わらない。

「存じません」

とうとう、喜代は泣き崩れた。なおも攻めたてようとする業平に、寅吉が、

「麿の旦那、責める一方じゃ駄目ですよ。あっしらにもわかるように説明してください」

七

「しかたありませんね。この人が話さないのなら、わたしがあきらかにしましょう」

部屋を出ていこうとする業平を、寅吉が引きとめ、

「なんのこってすよ」

不思議そうに業平は振り返った。

「まだ、わかりませんか」

「あっしには、なんのことかさっぱりです」

寅吉に視線を向けられ、三次郎もうなずく。

業平はひとつため息をつくと、

「簡単なことですよ。向井殿は逃げたと見せかけただけです」

「じゃあ、どこへ消えてしまったんですか」

「人間が消えるはずがないでしょう」

業平が鼻で笑って、

「向井殿はこの旅籠にいるんです」

「どっかに隠れているんですか。ですけどね、さんざん家捜しをしたんですよ。どこにも向井さまの姿はありませんでした」

「寅には見えないのです」

「じゃあ、旦那は見えるんですか」

寅吉が食ってかかった。

「寅、義兵衛に、湯と手拭いと糠袋《ぬかぶくろ》を持ってくるよう言いなさい」

「ええ、なんです」

戸惑うばかりの寅吉に、

「あなた方にも、向井殿の姿を見せてさしあげましょう」

「はあ」

顔を見あわせる三次郎と寅吉に、業平はおかしそうにくすりと笑い、

「いいから、持ってくるのです。それから、義兵衛も一緒に来るようにと」

そう言ったきり、業平は涼しげな目で、桜の木を眺めた。

春光を受けた桜が、薄紅色に輝いている。優美な花を愛《め》でるかのように、業平は右手をかざし、舞を舞うような仕草をした。

しかし、視界の隅《すみ》で、喜代をとらえているようだ。喜代が部屋の外に出ないよう、警戒している。喜代は、あたかも見えぬ縄で縛られたように動かなかった。

しばらくすると、階段の下で義兵衛の声がした。

「そこで待ってなさい」

業平は喜代を正面でとらえ、

「来なさい」

有無を言わせない口調で命じた。

みなで階段をおりると、義兵衛が湯気の立つ盥《たらい》を抱えていた。手には、糠袋と手拭いを引っかけている。

「では、義兵衛、峰蔵を呼びなさい」

「峰蔵さんを……はい、わかりました」

戸惑いながら、義兵衛は峰蔵を呼びにいった。

「なにがはじまるんです」

「まあ、見てなさい」

三次郎の問いかけに、業平は思わせぶりな笑みを浮かべるだけだ。

すぐに、峰蔵がやってきた。

襟足が垢で汚れ、あらためて見ると、やはり醜悪な顔である。業平のような貴人と並ぶと、よりいっそう珍妙な取りあわせに見える。

喜代は顔をそむけているが、横目で峰蔵をうかがっているようだ。寅吉も三次郎も、興味津々の目つきとなっている。

業平は土間におり立つと、義兵衛から糠袋を渡してもらい、

「寅、峰蔵を押さえてなさい」

言われるまま、寅吉が土間におりた。

が、そのとき――。

峰蔵が踵を返し、表に飛びだした。足を引きずっていたはずなのに、まるで別人のような敏捷さである。

「追いなさい」

業平に命じられるまでもなく、寅吉と三次郎が飛びだした。

「捕まえろ」

寅吉が叫ぶと、たちまちのうちに手下たちが峰蔵の前をふさいだ。ところが、峰蔵の勢いは凄まじく、意表をつかれた手下たちを蹴散《けち》らしていく。

三次郎が十手を抜き、寅吉とふたりがかりで峰蔵に飛びかかる。

「観念しやがれ」

寅吉に腕をねじられ、峰蔵はがっくりとうなだれた。

縄を打たれた峰蔵を丸味に引きたてると、

「往生際が悪いですね。武士たる者、潔《いさぎよ》くなければ」

待ちかまえていた業平が、嘲笑を浮かべた。

「麿の旦那、こいつは、ただの商人じゃねえんですかい。まさかこの峰蔵が、お幹を殺したんですか」

「まあ、これからお目にかけましょう」

業平は、土間に座らされた峰蔵の前に立つと、

「寅、この男の頭を押さえてなさい」

言うや、糠袋を盥の湯に浸《ひた》し、峰蔵の顔を激しくこすった。必死に身体を反らす峰蔵だったが、

「押さえなさいと言ったでしょう」

業平に強く言われ、寅吉は渾身の力を込めて峰蔵の頭を押さえた。そのまま、強引に顔をこすると、さらに眼帯を外した。そして髭に手をかけ、思いきり引っ張る。

髭がするっとはがされた。髪の毛もつかむと、これもすっぽりとはがれる。

「なんだ、鬘《かつら》に付け髭か」

寅吉が呆れたように言う。

「手拭い」

短く言って、業平は右手を義兵衛に差しだす。義兵衛がどぎまぎしながら手拭いを渡すと、業平は手拭いで峰蔵の顔を拭き、

「わとさんと寅に、高崎藩御納戸役、向井修五郎を紹介しましょう」

と、今日の晴天のようなさわやかな声を発した。

いまや、峰蔵の怪しげな風体は消え去り、さっぱりとした面差しが現れている。

面長《おもなが》で色白、顔つきにはどことなく品さえ感じられた。

「こら、たまげた」

寅吉が言い、三次郎も口をあんぐりとさせている。義兵衛も、

「向井さま」

と言ったきり、それ以上の言葉が出ないありさまだ。

そんななか、依然として喜代はうつむいたままである。

「じゃあ、向井さまと峰蔵は同じ人だったってことですか」

「そういうことです。だから、申したでしょう。向井殿は逃亡を見せかけたのであって、逃げてはいないのだと」

「それはわかりましたが、なんだってそんなことを……」

「それは、このふたりに聞いてみるのがいいでしょう」

三次郎が首をひねりながら、

「お幹を殺したのは、このからくりを知られたためでしょうか」

「おそらくは……ねえ、そうでしょう」

業平は峰蔵、いや向井のほうを見て尋ねた。向井は白日の下に正体を晒《さら》され、すっかり観念したようである。

突然、喜代が式台をおり、向井の横に座った。

「申しわけございません」

喜代は恥じ入るように目を伏せていたが、泣いてはいなかった。

「そこのお方のおっしゃったとおり、わたしと兄は、仇討ちに倦《う》んでしまったのです。いつ終わることともない旅路の果て……そこになにがあるのでしょう。そう思うと、どちらからともなく、悪事に手を染めました」

驚いた三次郎が、

「仇討ちを騙《かた》って宿泊客の金を盗む盗人とは……やはりあなた方だったのですか」

喜代はうつむいたままうなずくと、

「仇討ちを騙っていたわけではありません。正真正銘《しょうしんしょうめい》、藩から仇討ち認可を受けた者です。でも、悪事は悪事、かえって騙るより罪深いかもしれませんね」

「それで、向井殿が薬売りに扮《ふん》したのは、どういうことなのですか」

それまでうなだれていた向井が、そこで顔をあげ、

「卑怯なる振る舞いとお笑いくだされ。峰蔵なる薬売りを作り、その峰蔵こそが仇討ち相手、沢村格之進だと仕立てようとしたのです」

「仇討ちの狂言ですか……」

三次郎が業平を見た。

業平は落ち着いた口調で、

「こういうことですか……あなた方は、仇討ちの旅が嫌になった。ですが、やめて国許に帰ることはできない。そこで、峰蔵という架空の人間を作り、峰蔵こそが沢村だとして仇討ちを成就しようとした。そうすれば、国許へ帰ることができる。そこで、向井殿が峰蔵に扮し、一昨日、この宿にやってきた。峰蔵は行商人という触れこみだから、宿を空けていてもおかしくはない。そして翌日、あなたと喜代殿であらためて宿に宿泊した……」

いったん言葉を切り、目を細めて考えながら、

「おそらく今日にでも、喜代殿が、峰蔵に扮したあなたを沢村だと見破る手はずだったのでしょう。そして、外に出てから、うまく仇を討ったように見せかけるつもりだった。想像ですが、峰蔵に見せかける亡骸《あや》も、用意する予定だったのでしょうね。つまり、そのために罪もない人間を殺める、ということです。後日、高崎藩の役人には、旅籠の者たちを証人とさせれば問題はない」

うなずく向井を見て、業平は話を続ける。

「ところが、お幹に、あなたが峰蔵に扮しているところを見られてしまった。おそらく、お幹があなた方の部屋に行ったときでしょう」

「殺すつもりはなかったのだ。黙っていてくれと頼んだのだが……あの女中は騒ぎだした。それで、黙らせようと、あの部屋に連れこみ……」

向井が、がっくりとうなだれた。

それでも、業平は容赦せず、

「それで、あなた方の計略が狂った。あなたはとっさに、お幹を殺して逃げたという風に装った。峰蔵という隠れみのが、そうさせたのでしょうね。そこで、紙入れを裏の家に投げ入れた」

「ところが、桜の木で見えなかっただけで、お金がずっと縁側に座っていたってこってすか」

ようやく、寅吉もお金の証言を受け入れたようだ。

「番屋に行きますよ」

ぽつりとうながした三次郎に、もはや、向井も喜代も逆らわなかった。

寅吉が手下を近くの自身番に走らせ、時を経ずして、向井兄妹は引きたてられていった。

「後味の悪い一件でしたね」

丸味を出たところで、寅吉が言った。

「まったくだ。仇討ちの果てに、こんなことになるとはな。ところで、飛鳥殿、どうして峰蔵が向井の扮装だと見破られたのですか」

業平はおやっとした顔で、

「わとさんは気がつかなかったのですか」

「怪しげな男とは思いましたが」

「匂いですよ。峰蔵を呼んで話を聞いたとき、汚らしい身形《みなり》のわりには、まったく匂わなかった。それが、いかにも妙だったのです。となると、汚らしい身形は扮装だろうか。では、なぜ好きこのんで、そんな汚らしい扮装などするのでしょう。考えられるのは、己《おのれ》の正体を隠すため……そして、この宿には、忽然と姿を消した向井という侍がいた」

「なあるほど。さすがは麿の旦那だ。頭だけじゃなく、鼻も利くとはすげえ。あれでしょ、お公家さまが香りを嗅ぐ、あの、なんて言いましたかね」

「香道《こうどう》ですか」

「そう、それをおやりになっていらしたんですか」

「香道をやるまでもなく、わかるでしょう」

業平は苦笑しつつ、歩みを速め、お金の家の生垣に至った。

生垣越しにお金が、

「どなたさまかは存じませんが、わたしのことを信じてくださって、ありがとうございます」

お金の顔は、春の昼さがりのような穏やかさだった。寅吉は、ばつが悪そうにそっぽを向いた。

「あなたを信じたというより、わたしは真実を追い求めただけです。真実に至るには、噂、評判などというものに心を動かされてはなりません」

業平の言葉は、三次郎の胸にも深く刻まれていった。さすがに反省しているのか、寅吉も黙りこんだままである。

「おっしゃってることは、よくわかりませんが、これからもお日さまを拝めると思うと嬉しくなりますよ」

お金は庭にしゃがむと、草むらから天道虫《てんとうむし》をつまんだ。

「ほら、虫もお日さまの下では元気いっぱいです」

とたんに、業平の身体が震えだした。額に脂汗を滲ませ、真っ青な顔になり、

「急ぎますよ」

脇目も振らずに歩きだす。

お金の家が見えなくなったところで、

「お金という女。やはり、心のねじれた女です。虫が好かないですね」

さすがの業平も、虫が絡むと平常心ではいられないようである。

三次郎は寅吉とともに、笑いを噛み殺しながら、どこか業平に対して親しみのようなものも感じていた。

明日か明後日、桜は満開となるだろう。


三次郎が津坂から文をもらったのは、桜が散りはじめた三月のなかばだった。

自宅の居間で文を読む三次郎の目元が、徐々《じょじょ》に厳しくなっていった。

文は、業平警護の礼がまずしたためてあり、業平の家族についても言及されていた。

「お亡くなりになっていたのか……」

業平の妻子は、昨年、流行病《はやりやまい》で亡くなっていたらしい。

江戸へやってきたのは、その傷心を癒す目的もあったとか。

三次郎が家族のことを聞いたとき、業平は、そのことに触れられたくなさそうな態度を示していた。あれは、拒絶ではなく、哀《かな》しみゆえだったのか。

知らぬこととはいえ、悪いことを聞いてしまった。

――わとさん。

三次郎を呼ぶ業平の澄まし顔の裏に、そんな深い哀しみがあったとは……。

今後は、決して家族のことについては触れまい。業平が江戸に滞在する間は、できるかぎり好きなように振る舞ってもらおう。それが、哀しみを癒す手助けになるやもしれぬのだ。

好きなこととは……。

「おもしろい事件の探索か」

そう思いいたると、三次郎はため息を漏らし、じきに頬をゆるめた。

佳代の泣き声が聞こえてくる。

家族のありがたみを嚙みしめ、朝餉に向かった。

第四話　時節違いの幽霊騒動

一

四月三日の昼下がり、飛鳥業平は自宅の縁側に座り、出入りの植木職人、松吉《まつきち》の仕事ぶりを眺めていた。今日の業平は、空色地に鷹を描いた単衣《ひとえ》を着流すといった初夏の装いである。

松吉は紺の腹掛けに股引《ももひき》、袢纏を重ね、額には汗止めの手拭いを巻いている。松の枝を手際よく刈りこむその姿は、見ていて気持ちがよかった。

雲間から注《そそ》ぐ明るい日差しの下、小さな池に沿って植えられた三本の松は、遠く富士の山にも映《は》え、絵にしたいほどである。

一段落ついたところで、松吉は松の枝を降り、長鋏《ながばさみ》を手に松をじっと見あげた。汗が松吉の顔を濡らして光って見える。

「松吉、こちらで休みなさい」

業平は気さくに声をかけた。松吉は殴られたように、はっと背筋を伸ばしてから振り返り、

「い、いいえ。そんな、めっそうもねえこって」

日に焼け、真っ黒になった顔をぺこぺことさげる。水戸藩邸にあった松が移されたおり、やはり藩の紹介で業平宅に出入りするようになった職人である。

松吉には、業平のくわしい素性《すじょう》を明かしてはいない。そもそも、江戸の職人に教えても、公家の官位など理解しがたいはずだ。

だが、水戸斉昭さまとも昵懇《じっこん》のやんごとなきお公家さまと聞かされれば、市井の者など近寄ることもできぬ、高貴なお方であるとは思っているのだろう。

初めてやってきたときには、やたらと恐縮し、まともに業平の顔を見られないありさまであった。縁側に姿を現しただけで、地べたに平伏するほどである。

見かねた業平が、寅吉を通じて、もっと気楽に仕事をするよう言い聞かせた。

それでも、松吉自身、そもそも他人と話をするのが苦手なのか、業平宅に出入りする他の職人や奉公人たちと交わろうとはしない。

昼餉もひとり、庭の片隅で弁当を使っている。寅吉は、松吉の不安を取りのぞ

くべく、機会を見つけては話をした。

それで松吉も寅吉には心を開いたようで、自分の身内のことをぽつぽつと明かしていった。

なんでも、父親は、水戸で植木職人をしているらしい。腕を見込まれ、水戸家に出入りするようになったという。そんな父親の背中を見て松吉は育ち、自分も植木職人になることに疑いを抱かなかった。

と、こんな松吉の人となりを、寅吉は業平にも伝えた。

業平は、松吉の誠実な人柄と手抜きのない仕事ぶりに好感を抱き、興味を持っていたからである。

それでも松吉は、業平から直接声をかけられると恐縮しきりといった風で、庭で控えたままだ。

「いいから、こっちへ来なさい」

さすがに業平に催促をされると逆らうわけにもいかず、

「へい」

松吉は縁側に近づき、片膝をついた。

「そんなところにいないで、ここにあがりなさい」

「いえ、そら、いくらなんでも。あっしのような袢纏着《はんてんぎ》は、ここでも十分すぎるくらいでさあ」

「袢纏着と言うのか」

大工や植木屋といった袢纏を着る職人を蔑《さげす》む言葉なのだが、業平に差別の意識はなく、むしろ江戸らしい言葉の響きにほがらかな笑い声を立てた。

「気にすることはありません。いいからあがりなさい。ひと休みしたらいい」

「でも、寅吉親分に叱られます」

松吉が頭をさげたとき、

「できやしたぜ」

母家の奥から、がさつな声が聞こえた。まごうことなき、寅吉の声である。続いて、

「お待ちどうさま」

という娘の声もして、すぐに寅吉とお紺が大きな皿と酒を運んできた。その背後には、和藤田三次郎の姿もある。

瞬《また》く間に、居間に食膳が用意された。

「おう、松、おめえもどうだい」

寅吉が声をかけ、

「松吉、こっちへ来なさい」

業平の言葉で、ようやく松吉は額から手拭いを外し、着物を払って腰をかがめながら、居間の片隅に座った。

「松吉親方もどうぞ」

お紺に杯を渡されると、ぶるぶると首を振る。

「いえ、まだ仕事は済んじゃいませんので」

業平が、

「今日はこれでやめなさい」

「せっかくのお言葉ですが、まだ途中ですし」

「いや、やめたほうがいいですよ。ほら、だんだんと空が」

業平が言うと、三次郎が縁側に出て、

「なるほど、雲行きが怪しくなってきましたね。空が黒ずんでまいりました。富士のお山が見えなくなりましたよ。こら、ひと雨降りますね」

言ったそばから雨粒が落ちてきた。

「いいから飲みねえ」

寅吉に言われ、松吉も観念したようにお紺から渡された杯を手にすると、末席に連なった。

「でも、よかったんですかね。この鯉、食っちまって」

寅吉の言葉に、

「そんなこと言ったって、いまさら遅いぞ」

三次郎が応じる。お紺も、

「いいですよ。鯉もそのほうが本望です」

そう、この鯉は、業平の引越し祝いに、お紺の父親である大和屋吉五郎が届けてくれたものであった。

「なんやら、せまくて泳ぎにくいんとちゃうか」

今朝になって、業平が池を眺めながらつぶやいた言葉がきっかけとなり、三匹のうちの一匹を食っちまいましょう、と言ったのが寅吉である。

自然と、三次郎とお紺も手伝うことになり、ようやくにして料理し終えたのがいま、すなわち昼九つを過ぎたあたりだった。食膳には、鯉の洗いと鯉こくが用意されていた。酒は、上方《かみがた》からの下《くだ》り酒である。

「みんな、遠慮なく食べなさい」

鯉を酢味噌に浸し、業平が口に運んだ。ゆっくりと噛みしめながら、

「大ぶりの鯉やったから身が締まってないと思うてたけど、しっかりした歯応えや。脂《あぶら》もよう乗ってるわ」

と、笑みをこぼした。お紺は嬉しげに、そんな業平を見つめる。三次郎と寅吉も頬張り、

「これは美味《びみ》じゃ。松吉も遠慮のう食せ」

と、芝居がかった声を出した。

鯉の洗いに箸《はし》をつけ、酒を飲むと、緊張のためか強張《こわば》っていた松吉の頬が、わずかにゆるんだ。それくらいに美味《うま》いのだろう。酒は透き通って芳醇《ほうじゅん》な味わいのする清酒である。

——雨も降ってきたことだし、昼間とはいえ、たまには酒を味わうのも悪くない。

三次郎の自分への言いわけも、ごく自然におこなえた。もともと酒は好きである。つい、杯を重ねてしまい、寅吉の語る馬鹿話に笑い声をあげ、酔いも手伝って陽気な気分に包まれた。

そこへ、

「お待ちどうさまです」

と、玄関で大きな声がした。立ちあがろうとするお紺を寅吉が制し、

「蕎麦屋《そばや》ですよ。出前を頼んでおいたんです」

縁側から出ていった。

「飛鳥殿が頼まれたのですか」

三次郎の問いかけに、業平は首をひねり、「いいえ」と短くつぶやいた。

寅吉が、盛り蕎麦の入ったざるを運んできて、次いで、蕎麦屋が汁と薬味を持ってきた。うず高く重ねられたざるが、畳に置かれる。

白く艶《つや》めいた更科《さらしな》蕎麦に、業平は好奇に満ちた目を向けている。

「江戸っ子の食い物と言やあ、蕎麦ですよ。麿の旦那、どうぞ召しあがってください」

寅吉が、ざると汁を業平の前に置いた。

「蕎麦は召しあがったことありますかい」

「あります」

業平にあっさり答えられ、寅吉はわずかにがっくりしたが、

「では、食べ方はおわかりですね」

「あたりまえです」

そう言って、業平は汁に山葵《わさび》と刻み葱《ねぎ》を入れ、蕎麦を汁にたっぷりと浸したところで口に運んだ。が、たちまち顔をしかめ、

「辛《から》い、辛いわ。なんや、この蕎麦、食べられたもんやないな」

業平には、遠慮とか、寅吉の好意への気配りというのものはない。けなされた寅吉はへこたれることなく、

「そんな食べ方をなさるからですよ。いいですか、蕎麦ってのは手繰《たぐ》るんです。見ててくださいよ」

箸で蕎麦をつまみ、汁に浸すか浸さないうちに口へ運び、盛大に音を立ててあっという間にすすりあげた。業平は目を白黒させせながら、その様子を見ていたが、

「なんや、せわしない食べ方をするんやな」

「へへ、江戸っ子は汁に浸すか浸さないですすりあげる。つまり、手繰るってわけです。これが粋《いき》ってもんですよ。口の中でぐちゃぐちゃやらねえのが、江戸っ子流ってもんでしてね」

「そやけど、そんな早う食べたら味がわからんやろ」

「蕎麦はですね、喉越《のどご》しを味わうんです。腰のある蕎麦はたまりませんや」

「そんなもんかいな」

興味を抱いたようで、寅吉の真似をして蕎麦を手繰ったが、

「うう」

喉を押さえてむせ返ってしまった。

「親分がよけいなこと言うからよ」

お紺が寅吉を睨んでから、業平の背中をさすった。

しばらく、苦しげな声を漏らして、

「ふう」

ようやく業平は顔をあげた。白雪のような面差しが、真っ赤に染まっている。

お紺が差しだす水を飲み干し、

「江戸の蕎麦を食べるのは命がけやな」

普段のお澄まし顔で言うものだから、みなは大笑い。寅吉も安堵し、

「麿の旦那を蕎麦で殺したとあっちゃあ、江戸市中引きまわしのうえ、磔《はりつけ》だ」

「親分、江戸市中だけじゃないよ。京都中も引きまわされるわ」

きつい言葉を投げながらも、お紺の顔は笑っている。

気を取り直した寅吉が、

「松、なんか、おもしれえ話ねえかよ」

突然に声をかけられ、松吉はうろたえてしまった。

それでもいつもなら、ありません、とぼそぼそと返すだけだが、美味《うま》い酒と鯉、それにいまの蕎麦騒動で気持ちがほぐれたのだろう。

「おもしろい話ではありませんが……ちと妙な話なら」

と、重い口を開いた。たちまち、業平に好奇の目を向けられ、

「いや、そんな、あらたまってお聞きになるほどの話じゃないんです」

言いわけをしたが、あとの祭り。寅吉に強くうながされて、

「このところ出入りしております、お旗本の屋敷なのですが」

「どこだ」

三次郎が反応する。

「南本所石原町《いしわらちょう》にある御直参《ごじきさん》、大野《おおの》左兵衛佐安道《さひょうえのすけやすみち》さまのお屋敷です」

業平が三次郎に視線を向ける。

「直参旗本二千石、まだお若く、いまは無役の小普請組《こぶしんぐみ》ですが、先代の殿さまである安村《やすむら》さまは、長崎奉行をお務めでした」

業平はうなずくと、松吉に話の続きをうながした。

「あっしは、何人かの植木職人と一緒に、お庭の手入れをしていたんです。それが、三日前のことでした」

殿さまである安道が、用人の内藤掃部《ないとうかもん》となにやら揉《も》めはじめた。とばっちりが来たのでは大変だと、職人たちは庭の片隅でひと休みをした。すると、安道が血相を変えて、

「植木屋、植木屋はおるか」

と、大きな声を発したのだ。

仲間はみな災難を逃れるように、すばやくその場を去ったため、要領の悪い松吉がひとり残された形となった。用人の内藤の目に留まり、逃れられなくなった松吉は、安道の面前に通され、

「あの松を曳《ひ》くことできるか」

安道が、塀《へい》に沿って植えられた枝ぶりのいい松を指差した。

小高い丘に植えられたその松は、大川からもその優美な姿がのぞめ、対岸にある幕府の米蔵に植えられた首尾《しゅび》の松とともに、船乗りの間では有名であった。

「は、はい」

松吉は返事をすると、即座に内藤が、

「畏れながら、あの松はご先代、安村さまが、ことのほか大事になさっておられました。また、首尾の松とともに、大川端《ばた》の名物ともなっております。無闇《むやみ》と移さぬほうがよろしかろうと存じます」

と、強く主を諫《いさ》めた。

安道はこめかみに血管を浮き立たせ、

「余《よ》が、もっと景色よき場所に植え替えようというのじゃ。泉水縁《せんすいべり》に植えれば、いっそう映《は》える」

「いいえ、なりませぬ。万が一、松を枯らすようなことになれば、草葉の陰で眠る先代さまに対して、申し開きができません」

すると、安道は松吉に向き直り、

「枯らすようなことはあるのか」

あたかも松吉を責めるような口調で問うた。

「きちんと養生《ようじょう》をすれば、そのようなことはございませんが」

ここは職人の意地を見せねばならない、と松吉は考えたらしい。

しかし、内藤は、

「いけませぬ。あれは、大野家の家紋のようなものでございます」

と、断固として反対するありさまだった。

結局、その日は、松曳きを命じられないまま帰ったのだが……。

「ところがです。仲間内にこのことを話してみると、怖い話を聞いたのです」

業平が目を輝かせた。

酔いがまわっていくらか芝居がかったのか、松吉は言葉を溜めたあと、

「問題の松には、幽霊が出るっていうんですよ」

二

寅吉が顔をしかめ、

「馬鹿言え。言うに事欠いて、くだらねえ話をしやがって。なにが幽霊だよ」

「すみません」

あわてて松吉がぺこりと頭をさげる。

「いや、おもしろいですよ。続けなさい」

だが、業平はすっかり興味津々となっていた。

「磨の旦那、幽霊は苦手じゃないんですか」

「平気ですよ」

業平は澄まし顔である。

「へえ、虫は駄目なのにね」

寅吉の言葉に、お紺がくすりと笑う。業平は、紅を差したような真っ赤な唇を尖《とが》らせ、

「いいから、酒の替わりを持ちなさい」

お紺は笑顔を浮かべたまま、勝手へと向かった。業平にうながされた松吉は、

「その幽霊と申しますのは、お屋敷に奉公にあがっていたお常《つね》という女中なんだそうです。そのお常を、先代の安村さまが月見の晩、酒に酔った勢いで、松の下で斬り捨ててしまった、と……。なんでも、昨年の今頃のことで、間もなく一周忌を迎えるそうなんですが、このところ夜な夜な松の木陰《こかげ》に化けて出るらしいのです。おまけに、昨年の暮れに先代さまが病《やまい》でお亡くなりになり、それもお常の祟りでは、と噂されております」

「けっ、くだらねえ」

鼻で笑ったものの、寅吉はそわそわとしている。

「いまの当主は、女中が殺された一件を、なんと言っているのですか」

業平はあくまで真剣に聞いた。

「お殿さまは、この正月にご養子に入られたんで、そういった経緯《いきさつ》はご存じないんですよ」

業平の視線を受け、三次郎は記憶を手繰《たぐ》るように天井を見あげたが、

「そうでしたかね……ああ、待てよ。そうでした。安道さまは、美濃国恵那《みののくにえな》城主、加納出雲守《かのういずものかみ》さまのご三男であられたのが、この正月に、大野さまに養子に入られたのです」

なるほど、と業平はうなずくと、松吉に向き直り、

「それで結局、松は移すことに決まったのですか」

「それが……昨日、ご用人の内藤さまから呼ばれまして、松曳きの件はなくなったと告げられたのです。てっきり、殿さまがお諦めになられたのかと思っておりましたら、どうも様子がおかしいんで。これは、屋敷の奉公人が噂していたんですが……」

そこで松吉は声をひそめた。その秘密めいた態度に寅吉が、

「まさか、その殿さまが、お常の幽霊を見たって言うんじゃねえだろうな。まだ幽霊が出るには早えぜ。もっと暑くならねえとな」

まぜっ返したが、寅吉の毛むくじゃらの腕には、鳥肌《とりはだ》が立っている。

「ええ、そうなんです。殿さまは、お常の幽霊をご覧になったらしいのです」

松吉を呼んだ日の夜、安道は、ひとりで庭を歩いたらしい。

すると突然、この世のものとは思えない悲鳴を発し、倒れこんだのだという。

元来、気が強くわがままな安道には、考えられないおこないだった。

ただちに医師が呼ばれた。

どこにも怪我はなく、病でもなかったのだが、安道はうわ言のように、

「お常だ」

と繰り返し、内藤に松の移し替えをやめるよう伝えたのだという。

「と、まあ、こんなことがあったんですがね」

語り終えると、松吉は杯の酒をあおった。

「馬鹿馬鹿しい」

顔をそむける寅吉をよそに、業平の目は、好奇に輝いている。

「おもしろい」

三次郎はそれを危《あや》ぶむように、

「……まさか、よからぬことをお考えではないでしょうね」

「よからぬこととはなんですか」

業平はけろりとしたものだ。

「その幽霊を探ろうなどと、お考えなのでは……」

「いけませんか」

たちまち寅吉が、

「いけませんや。触らぬ神に祟りなし、ですよ。よけいなことにかかわって、こっちまで幽霊に祟られたんじゃ大変だ」

「寅を探索に加えるとは言ってない」

「冷たいことおっしゃらねえでくださいよ」

「冷たくはありません。嫌がる者を無理に誘わないだけです」

いたって落ち着いた物言いだが、眉間《みけん》に刻んだ皺《しわ》を見ると、業平は不機嫌になったようである。それを察した三次郎は、

「では、どのようなことを調べるのですか」

と、尋ねるとともに酒も勧めた。

「決まっているではありませんか。幽霊の正体をあきらかにするのです」

「それは……どうでしょうか」

「どうでしょうとは」

「幽霊を探るとなると、大野さまの御家の内情を探ることになります」

「そうですよ」

簡単に答える業平に、さすがの三次郎もいささか言葉を強め、

「相手は御直参です。町方の役人が嗅ぎまわるなんて、許されるはずがございません」

「麿は、町奉行所の役人ではないぞえ」

ふざけ半分に、業平が「ほほほ」と笑ってみせた。

「それは承知しておりますが、わたしの……わたしの立場では……」

「わかってるがな、わとさんの立場は。せやから、表立ってせえへんとけば、ええのやないか」

そもそも、業平には物事を軽く考える傾向がある。

「そんなわけにはまいりません。だいいち、件《くだん》の亡霊騒ぎは、もとをただせば大野家の問題でございますよ。それを無理に暴《あば》きたててなんとしましょう」

「では、尋ねるが、わとさんはお常が殺されたことを、どう思うのです」

「それは……気の毒だと思います」

「それだけですか」

「と、おっしゃいますと」

「お常が幽霊となって出るということは、この世に未練、いや、なにか言いたいことがあるのだとは思いませんか」

するると、それまで口を閉ざしていた寅吉が、

「やめてくだせえよ」

とうとう両耳をふさいだ。酒を持って戻ってきたお紺が、

「なんだ、親分のほうこそ、幽霊が怖いんじゃありませんか」

からかうように言ったものだから、

「馬鹿言っちゃいけねえ。このおれさまはな、この世で怖いものなんかありゃしないんだ。ああ、待てよ。幽霊はこの世のものじゃないな。となると、おれさまが怖がってもおかしくねえってことか」

言っているうちに、すっかり混乱してしまったようだ。

成り行きを見守っていた松吉が、

「なんだか、わたしがよけいなことを話したせいで、みなさまにご迷惑をおかけしてしまったようです。申しわけございません」

「迷惑ではありません」

「でも……」

「迷惑どころか、楽しみができましたよ」

業平がにんまりとする。

ほっとしたように、松吉は、

「正直申しますと、気味が悪くてしかたなかったのです。これからも、大野さまのお屋敷に出入りしますし、そこに幽霊が出るなんて、とても我慢できません。かといって、御奉行所に訴えることでもないですし……困っていました」

「わたしにまかせればいい。これも人助けですよ、ねえ、寅」

「まあ、松の気持ちもわかりますがね」

寅吉は渋い顔で応じた。

業平は思わせぶりに微笑んで、

「とりあえず、探ってみましょう。お常の幽霊の謎をあきらかにする……それは、松の木の実態を暴くことになるかもしれませんね」

「いったい、なにを考えておられるのですか……」

三次郎は怖くなってきた。幽霊なんかより、業平の突飛《とっぴ》な行動のほうが、よほど恐ろしい。

「松吉、今度はいつ大野屋敷に行くのですか」

三次郎の心情など斟酌《しんしゃく》せず、業平が尋ねた。

「明後日《あさって》です」

「わかりました」

「どうされるのです」

「わたしも行くのですよ」

「どんなご用向きにしますか」

「そうですね、茶でも所望したいと訪ねますよ」

三次郎が寅吉を見た。寅吉は三次郎の視線を逃れるようにそっぽを向いた。

「いいではないですか。やってみましょう。大野とて、まさか従三位権中納言を門前払いなどしないでしょう」

業平は楽しくてしかたがないようだ。

「なら、あっしは、それまでにお常のことをできるだけ調べてみますよ」

寅吉の言葉に、三次郎は意外な思いで、

「どうしたんだ。おまえも加わるのか」

「決まってますよ。おれも男だ。このまま引っこんでいたとあっちゃあ、本所でその人ありと言われた寅吉の名折れだ。まあ、まかしてください」

そう言って、毛むくじゃらの腕をまくってみせた。

「わとさんはどうするのですか」

業平が、からかうように聞いてくる。

「決まっているでしょう。飛鳥殿行くところに和藤田三次郎ありです」

「それは頼もしい」

「そうこなくちゃね」

寅吉も言い添えた。

「まったく、困った人たちだ」

三次郎は呆れたような声を出した。

三

その日の夕暮れ、三次郎は報告を兼ね、南町奉行所に出仕した。幸い、雨はあがり、ぬかるんだ道は歩きづらいが傘を差す手間は省《はぶ》けた。

同僚の荒川小平太に見つかると、またからかいの言葉をかけられるかもしれない。それとなく周囲を見まわすが、荒川の姿はなかった。

ところが、ほっとしたのも束の間、詰所に入ろうとしたところで、

「よお、損次郎殿」

と、耳障《みみざわ》りな声がした。反射的に顔を歪ませながら振り返ると、

「そんな嫌な顔するなよ」

「嫌な顔をしたつもりはない」

荒川はあっけらかんとした様子で、

「どうだ、お公家さまのお守りは」

と、いったんは問いかけておきながら、三次郎の返事を待たず、

「楽でいいよな。日がな一日、お公家さまの話し相手になっていればいいんだろ。こちとら、朝から晩まで足を棒にして働きづめだ」

おおげさに足を撫でた荒川は、ふと、縁台に三次郎を誘った。どうやら、声をかけた目的は、からかうだけではなかったらしい。

「どうした、なにか重要事件でも生じたのか」

並んで座り、三次郎が尋ねると、荒川は顔をしかめて、

「竜巻《たつまき》の鬼蔵《おにぞう》を覚えているだろう」

「三年前から昨年にかけて、武家屋敷に押し入っては荒稼《あらかせ》ぎした盗人一味だな。昨年の秋、鬼蔵は主《おも》だった手下と一緒に捕まって獄門になったじゃないか」

「そうさ」

荒川は暗い顔だ。

「それが、今頃どうしたんだ」

「残党だよ。残党が蠢《うごめ》きだしたんだ」

「またぞろ、お大名やお旗本の屋敷に押し入りでもしたのか」

「そうなんだ。ところが、妙なことになにも盗もうとしない。竜巻の鬼蔵の名を記した書付を置き、後日参上と記してあるだけだ」

「盗みの予告をしているのか。妙な話だな」

「そうだろ」

「で、後日に参上した屋敷はあるのか」

「いまのところはない」

「ふうん……それで、書付が残されたのは、どこなんだ」

荒川はためらう風だったが、

「水戸さまのお蔵屋敷と、南本所石原町の大野さまのお屋敷だ。赤松で有名な」

「大野さまと水戸さまか……待てよ。両家とも、以前に鬼蔵一味に押し入られてないか？」

「そうさ、水戸さまは昨年の正月、大野さまは四月に押し入られている。水戸さまは金千両と宝物、大野さまは金五百両と宝物だった」

「大野さまか……」

　偶然とは言え、大野屋敷が話題となった。一方の水戸屋敷は、言うまでもなく業平とかかわりの深い場所である。妙なめぐりあわせだと思っていると、

「どうしたんだ」

　黙っているわけにもいかない。

「たまたまだろうが、今日の昼間、飛鳥中納言さまのお宅で、大野さまのお屋敷のことが話題にのぼったのだ。中納言さまのお宅に出入りする植木職人から聞いた話なのだが……」

　そこで、大野屋敷に出没するというお常の幽霊の話をした。初めのうちこそ真面目な顔で聞いていた荒川だったが、話が幽霊に及ぶと笑いだし、

「高貴なお方は暇《ひま》でいいよ。時節外れの幽霊話にうつつを抜かしていられるんだ

からな。それに付き合うおまえも気楽でいいな」

皮肉げに言い、大きく伸びをした。

「そんなこと言うなよ、だいたいな……」

文句のひとつでも言おうとしたとき、

「おい、協議だ」

筆頭同心、村上勝蔵の声がした。三次郎も縁台から腰を浮かせたが、

「おおっと、損次郎殿は無用だ。中納言さまと幽霊を追いかけていたらいいよ」

侮蔑《ぶべつ》するように笑みを浮かべると、荒川は村上のほうに歩いていった。

ひとり、ぽつねんと残された三次郎は、どうにも仲間外れにされたようで、いい気分はしない。

夕闇が濃くなり、ぼんやりとした茜色《あかねいろ》の情景は、なんとも言えぬ寂しさを漂わせていた。


自宅に戻ると、いつものように佳代の泣き声が聞こえてきた。

耳障りなほどに大きな声だったが、不思議と安らぎを覚えた。

「ただいま戻った」

「すみません。お迎えもしませんで」

雅恵は佳代をあやしていた。

「かまわん」

言いながら、三次郎は佳代の顔を覗きこむ。ぴたりと佳代は泣きやんだ。

「父上さまがわかるのかい」

雅恵が優しく語りかけた。

「どれどれ」

三次郎が佳代を抱き取ると、雅恵はなおも優しい目で、

「近頃は、中納言さまのご機嫌はいかがなのです」

「相変わらずだ」

「旦那さまは、中納言さまのお宅と水戸さまのお屋敷の往復ですか」

「今日は行かなかった。代わりに、妙な一件にかかわってな。それが……笑うなよ。幽霊話なんだ」

雅恵相手だと、ついしゃべりすぎてしまう。ひとしきり、大野屋屋敷の幽霊騒動と、業平が探索に乗りだすことになった経緯を語った。

「おもしろいお方ですね」

雅恵がにっこり微笑んだ。

「まったく、なにを考えておられるやら。今度はどんな厄介事《やっかいごと》かと、ひやひやしどおしさ。なんせ、中納言さまだ。水戸さまの賓客《ひんかく》だからな。もしものことがあったら、わたしが腹を切るだけでは済まない。御奉行にも責任が及ぶ」

「そんなことをおっしゃりながら、旦那さまも楽しそうですよ」

「そ、そんなことはない」

実際のところ、明日、業平に会うのが楽しみだった。

自分でも意外な本心をつかれ、笑みが浮かぶのをこらえた。

「そうかしら。今回もなんだかんだとおっしゃりながらも、楽しんでおられるように見えますよ。こんなことを申してはなんですが、旦那さま、ずいぶんと明るくなられましたわ」

「そんなことあるもんか。定町廻りを外され、仲間外れにされた気分だ」

「いいえ、明るくなられました」

雅恵はきっぱりと言いきった。

「まあ、よい。ならば、そうしておこうか」

雅恵と話をしていると、なんだか気持ちがしっかりとしてくる。定町廻りを外された寂しさも感じなくなった。

――いい女房を持ったものだ。

決して他人には言えないが、内心ではそれを誇りたい気がした。

妻子を失った業平の悲しみを思えば、よけいにこの幸福が、かけがえのないものに感じられる。

せめて、業平が江戸に滞在している間は、勝手気ままに過ごしてもらおうと、あらためて誓った。それで業平が、一時でも哀しみから目をそむけられれば、それに越したことはない。

となれば、幽霊騒動の探索にも力を尽くすべきであろう。

翌日、業平の自宅に行くと、業平は白の狩衣に真紅の袴、立て烏帽子という公家の格好だった。つまり、今日は水戸藩邸に行くということだ。

「わとさん、さきほど水戸さんから使いがまいりました。今日は本所の蔵屋敷だそうです」

「近くでよかったですね。そうだ……」

三次郎は、荒川から仕入れた竜巻の鬼蔵一味の一件について聞かせた。とたんに、業平の目が輝いてくる。

「おもしろい。水戸さんでその件について話が聞けますね」

「それは、わたしにおまかせください」

――そうだ、業平の掛《かかり》ということを利用して、この一件を探ってやろう。

荒川や同僚たちの鼻を明かしてやるのも悪くはない。

「わたしは、大日本史の編纂という本業がおますからな、津坂さんに言って、話がわかる者をわとさんに紹介させましょう」

「お願いいたします」

「なんだか、おもしろくなってきましたね」

手をこすりあわせる業平に、三次郎が、

「お常の幽霊騒動と今回の鬼蔵の一件、かかわりがあると思いますか」

「そう考えるのは、いかにも早計ですが……偶然ではないという気にもなりますね。なにせ、鬼蔵一味が武家屋敷を荒しまわったのが、三年前から一年前とのこと。思いだしてください。大野屋敷でお常が斬られたのは、一年前の四月です。日が近いということにでもなれば、無視はできませんね」

あたかも、業平は関連することを願っているかのようだ。そうしているうちに、水戸家からの駕籠が着いた。網代《あじろ》駕籠という、大名が乗る上等な駕籠だ。

「さて、今日は楽しみなことが多いですね」

曇り空にもかかわらず、業平は晴れ晴れとした顔で、木戸に向かった。

四

水戸家蔵屋敷の使者の間に通されると、まず、茶と和菓子が届けられる。

いつもながらに、丁重なもてなしである。

普段はここで、ひたすら業平が仕事を終えるのを待つだけなのだが、今日は用人の津坂兵部がやってきた。

すでに顔見知りになっているせいか、初めに会ったときよりは、ずいぶんとほぐれた顔つきで接してくれる。三次郎の前にどっかと腰をおろし、

「飛鳥卿から、和藤田殿に協力するよう言われた。昨年の盗賊騒動を知りたいのだな」

「はい」

「今頃、探索か」

言葉は皮肉めいていたが、津坂の表情はやわらかだ。

「申しわけございません」

つい、頭をさげてしまう。

「よい、なにも責めておるのではない。じつは先日のこと、その鬼蔵の残党と称する一味が、当屋敷に押し入った。ところがだ、なにも奪わず書付のみを残していった。奉行所にも届けたのだが、和藤田殿が知っておられるかどうか……」

「存じております。後日、参上するとだけ記してあったとか」

「いかにも」

「その盗賊の一件を、ぜひ、調べたいのでござる」

津坂は腕を組み、それから思わせぶりな笑みを浮かべると、

「それは、飛鳥卿のご要望ではないのか」

図星を指されたが、

「めっそうもない」

「隠さなくてもよい」

「まことでございます。鬼蔵一味は、ぜひとも南町でお縄にしたいと存ずる次第。どうか、お力添えのほどお願い申しあげます」

へりくだって見せた三次郎に、津坂はなおも納得できない様子だったが、

「そなたへの力添えは、飛鳥卿たってのご要請でもあることゆえ、蔵番頭《くらばんがしら》の米津《よねづ》助右衛門《すけえもん》と面談させる。しばし、待っておれ」

津坂が部屋を出ていった。

やれやれ、と茶をすする。気を使ったせいか、やけに苦く感じられた。

時を経ずして、米津が入ってきた。髪に白いものが目立つ、いかにも謹厳実直《きんげんじっちょく》、古武士然とした男である。

「南町奉行所の和藤田です」

丁寧に挨拶すると、米津も外見どおりの堅苦しいまでの律儀さで返した。

「さっそくでございますが、わたしは竜巻の鬼蔵の残党を追っております。伝え聞くところによりますと、水戸さまに残党一味が押し入ったとか」

「左様でござる。そのことは奉行所にも届け申したが」

「はあ……」

つい、言葉が途切れてしまう。米津の堅苦しさがそうさせているのだが、いきなり親しく言葉を交わそうとするほうが無理かもしれない。

「失礼ながら、昨年、水戸さまが鬼蔵一味から奪われたのは、金千両とほかにも

ろもろとございましたが、委細《いさい》をお聞かせくださりませんか」

米津の眉間に皺《しわ》が寄った。

「当家に伝わる宝物が奪われました」

「その宝物とは、いかなる代物でございますか」

「それは申せぬ」

断固とした物言いだ。だが、ここはもう少し踏みこんでみたい。

「宝物とは、書画とか骨董品の類《たぐい》ですか」

「いや、それは……」

やはり、言いたくなさそうだ。

三次郎は卑怯だと思ったが、

「飛鳥中納言さまも、いたく気にかけておられます」

業平の名を出され、米津は渋々《しぶしぶ》、

「書物でござる」

と、やっとのことでつぶやくように答えた。

「いかなる書物でござる」

「くわしくは申せぬが、光圀公が所持しておられた書物。当家にとっては、まさしく宝物でござった。ために、わたしの前任の蔵番頭、江頭長兵衛《えがしらちょうべえ》殿は切腹をなさったのでござる」

米津は、ここで初めて感情を表に出した。いかにも無念そうに顔をゆがませる。

「江頭殿とは親しくされておられたのですか」

「それはもう……わたしのことを引きたててくださったのは、江頭殿でござる。それが、鬼蔵一味のために……」

「では、鬼蔵一味の残党がふたたび押し入るとの予告、すでに十分、備えておられますな」

「当然でござろう。万端《ばんたん》に備えておる。もし、当家に押し入ったならば、奉行所などには引き渡しませんぞ。この手で成敗してくれる」

「ですが、殺してしまっては、書物の行方はわからぬやもしれません」

「残党が、いまだ書物を隠し持っているとお思いか」

「金子《きんす》は足がつきませんが、そのような重要な書物となりますと、処分に困っているはず。まだ、どこかに隠してあるかもしれません」

言いながら、三次郎の頭にひとつの考えが浮かんだ。

「一味が、わざわざ後日参上すると言ってきた目的は、その書物を買い取れ、と言いたいのではないでしょうか」

「まさか」

一応は否定したものの、米津も考えこんだ。まんざらありえない話ではないと思ったようだ。

「すると、われらはどうすればよいのでござる」

「一味からの連絡が、かならずあるはずです。まずは、それを待っていてくださ
い。それから、お聞かせ願いたいのですが、水戸さまと御直参旗本、大野左兵衛佐さまとのご関係は、いかなるものでございましょう」

「当家と大野家……はて」

米津は首をひねった。

「いまのところ、一味が押し入ったことのある武家屋敷で、残党が書付を残したのは、水戸さまと大野さまだけなのです」

しばらく考えこんでいた米津だったが、

「やはり、思いあたるところはござらん」

という結論に達した。

「僭越《せんえつ》ながら、南町奉行所に人数を出すよう、わたしが掛けあいますが」

「それは無用」

この提案は、即座に断った。

予想できたことだ。

大名家、しかも御三家ともあろう水戸家にとって、盗賊に押し入られただけでも恥ずべき始末である。そのうえ、同じ盗賊の残党ごときに、またしても押し入られてしまったのだ。町方の手を借りるなど、口が裂けても言うはずがない。

「承知しました。ご無礼を申しました」

「いや、貴殿は厚意で申されたのですから、なんら気にすることはござらん。鬼蔵一味を当家の手でひっ捕らえ、町方へ引き渡すつもりで、屋敷を守り抜いてみせます」

「ご成就《じょうじゅ》されることを、祈念《きねん》申しあげます」

「むしろ当家よりも、大野殿の手助けをなさったらどうか。なにせ、ご当主が今年の正月から代替わりされ、しかも、いまのご当主、安道さまはご養子と聞き及ぶ。昨年に起きた盗賊騒動はご存じないだろう。奉行所の力添えがあれば、ずいぶんと助かると思うが」

「いかにも」

「ご苦労でござったな」

そう言い残し、米津は、「よっこいしょ」と腰をあげた。

米津が出ていくと、静寂が戻った。

なにをするでもなく、ゆっくりと時が過ぎていき、昼餉のあと四半刻ほど、うつらうつらしていると、廊下に足音が近づいてきた。

背筋をしゃんと伸ばす。

「今日はもう終わりました」

業平が顔を出した。終わりました、などと言っているが、盗賊や幽霊騒ぎが気になり、みずから強引に終わらせたに違いない。

「お疲れさまでございました」

「ほんま、肩が凝《こ》るわ」

あぐらをかくと、業平が扇子《せんす》で肩をぽんぽんと叩いた。それから、手つかずの冷めた茶をごくりと飲み、

「なにかわかりましたか」

「鬼蔵一味が水戸さまから奪ったのは、千両のほかに、光圀公が所持されておられた書物とのことでございます」

「どんな書物ですか」

「そこまでは教えてくださいません」

「ひょっとして……」

　業平は目を光らせた。

「なにか心あたりがございますか」

「唐土《もろこし》で明国《みんこく》が滅んでから、儒学者の朱舜水《しゅしゅんすい》が日本にやってきて、光圀公に迎えられました。寛文《かんぶん》五年（一六六五年）のことです」

「朱舜水……」

　三次郎が首をひねると、

「なんや、朱舜水も知らんのかいな。鄭成功《ていせいこう》を助け、明朝《みんちょう》の復興に尽くした学者や」

「鄭成功なら知っています。近松門左衛門《ちかまつもんざえもん》の人形浄瑠璃《にんぎょうじょうるり》にございました。国性爺《こくせんや》合戦《かっせん》のネタになった者でございますな」

「そうや。知ってるやないか」

「それくらいは。ですが、朱舜水と光圀公と、どうかかわるのですか」

「言い伝えですが、朱舜水は水戸光圀さんに、明国に伝わる古《いにしえ》の日本に関する史書を贈ったそうです」

「古の日本、ですか」

「日本の成り立ちが書いてあるそうです。日本書紀《にほんしょき》や古事記にも記されていないことが、その書物には記されておるとか」

漠然としていて、はっきり言って想像もつかない。

「じつを申すと、わたしが斉昭さんの誘いに乗って江戸まで来たのも、その書物が見たかったからなんや。ところが、その書物は紛失したか、どこかにまぎれてわからん、と言う。なんとも歯切れの悪い返事しか返ってこんかった。それが、鬼蔵一味とか申す盗人に盗まれたというのやったら、こら一大事や」

一大事と言いながらも、業平の好奇心は、はち切れんばかりになっているようだ。

「しかし、盗んだ鬼蔵一味とて、そんな大それた書物などとはわかっておりますまい」

「そうやな……いや、そうだといいんだが」

業平の返事もまた、歯切れの悪いものであった。

五

三次郎を伴い、業平が自宅に戻ると、寅吉が待っていた。

「寅、なにかつかみましたか」

「聞き込みも大変でしたよ」

寅吉は手下を使って、大野屋敷の周辺や奉公人に聞き込みしたという。

「で、先代の安村さまが斬ったというお常なんですけどね。どうも、身寄りがいねえらしいんですよ」

「ほう」

三次郎が相槌《あいづち》を打つ。

「口入屋《くちいれや》の紹介でやってきて、用人の内藤さまにえらく気に入られたのが、大野さまのお屋敷に入ったきっかけだったらしいんで」

「別段、珍しくもないな」

三次郎が感想を言うと、寅吉は思わせぶりな笑みを浮かべた。

「なんだ、その笑いは」

「それがですね、なかなか興味深いことがわかったんですよ。お常は、大野さまのお屋敷に奉公する前、宗方さま、長瀬《ながせ》さまのお屋敷にも、奉公にあがっていたんですよ。いずれも、二年前に鬼蔵一味が押し入った屋敷なんでさあ。これは、たまたまですかね」

「そうは思えぬな」

三次郎が答えると、業平もうなずく。

「おもしろいね」

「いったい、どういうことなんでしょう」

三次郎が意見を聞くと、業平はにやりと笑った。

「さあて、盗賊に関することは、あなた方のほうが専門なんじゃないのですか」

しばらく考えこんだ三次郎が、

「ひょっとすると、お常は竜巻の鬼蔵一味の……」

と、ここで寅吉が引き継いだ。

「そうだ、手引き役ですよ。そうに決まってる」

ふと、業平が寅吉に向かって、

「よく知らないのですが、手引き役とは……目星をつけた屋敷に入りこみ、蔵の配置や警護などを調べあげ、実際に盗賊たちを屋敷の中に導き入れる、という役目ですね」

「さすがは磨の旦那だ」

寅吉が手を打った。

三次郎は首をひねりながら、

「大野さまのお屋敷に、お常は竜巻の鬼蔵一味の手引き役として入りこんだ。そして、屋敷の内情を探り……それを先代の安村さまが見つけた。それで、月見の晩に、お常を斬った。しかし、待てよ……」

「そうですよ。大野さまのお屋敷にも、竜巻の鬼蔵は押し入ってますぜ。お常が死んでしまって、どうやって押し入ったんです」

寅吉の疑問に三次郎もうなずいて、ふたりして業平を見た。

「大野屋敷で、なにかがあったということでしょうね……」

「いったい、なんでしょう」

聞いてはみたものの、三次郎はすでに自分なりの結論を得ていた。

そして、おそらくそれは、業平のものと同様であろう。

案の定、

「押し入られた晩、鬼蔵一味の何人かが斬り殺された。松の木の植え替えを断固としておこなわないのは、その下に手下の亡骸《なきがら》が埋まっているためか……」

業平の披露した考えに、

「わたしもそうだと思います」

三次郎が同意した。

しかし、業平はしばらく黙りこんでから、おもむろに、

「そうでしょうかね。いまのは、わとさんの考えそうなことを言ってみたまでです。果たして、本当に鬼蔵一味の亡骸が埋まっているのでしょうか。わたしはそうは思いません」

「違うのですか」

「おかしいと思いますよ」

業平に言われてみると、自信がぐらついてしまう。

「どうしてです？　松吉の話と見事に符合するじゃありませんか」

「いいですか、盗人を斬り捨てたところで、その亡骸を隠すようなことはしないでしょう。現に、お常のことは無礼討ちにしたと、公言しているのですよ。盗人を斬ったことを隠す必要など、どこにもありませんね」

いつものように、業平はけろっと答えた。

「そら、違いねえや」

素直に感心する寅吉を尻目に、三次郎は首を傾《かし》げながら、

「するど、松の下にはなにがあるのでしょう」

「見当もつきません。ひょっとして、一味が奪った宝かもしれませんね」

「幽霊騒ぎが、もし人の手によるものだとすると、そんな手間をかけてまで、なぜ松の木の移し替えを嫌うのでしょうか。これにはきっと、深いわけがあるに決まっています……」

三次郎の疑念に、

「そうですね。わたしが確かめてまいりましょう」

業平は涼しい顔で言ってのけた。

翌四月五日、業平は、水戸家には病欠と届け、大野屋敷に出向いた。三次郎も一緒である。

大野屋敷に着くと、三次郎が用人の内藤掃部に会い、業平の素性を告げたうえで大野左兵衛佐安道への面談を求めた。

大野屋敷のほうでも、中納言の訪問を家の誉《ほま》れと受け止めたらしく、すぐに御殿の客間に通される。

待たされることもなく、安道がやってきた。

掛け軸を背負って上座に座る業平は、白の狩衣に真紅の袴、立て烏帽子姿の、しっくりと絵になる装いである。

身分差を考え、三次郎は縁側で控えていた。

ふと、庭を見ると、松吉の姿があった。噂の松の木は、塀際にある小高い丘の上に植えられている。なるほど、すばらしい枝ぶりの赤松だった。

内藤を従えてやってきた安道は、歳のころ二十前後。いかにも気が強そうな、きつい目をした若者である。

「本日は中納言さまにお越しくださりまして、恐悦《きょうえつ》の極《きわ》みでございます」

安道は型通りの挨拶をした。横から内藤が、

「かねてより、水戸さまのお屋敷に飛鳥中納言さまがご逗留ということは、耳にしておりました。水戸中納言さまの大事業、大日本史のご編纂にご尽力なすっておられるとか。まこと、有職故実《ゆうそくこじつ》に長《た》けた、あっぱれなるお公家さまと聞いております。我が主が申しましたように、ご訪問いただきましたこと、当家の誉れと

存じます」

堅苦しいまでの挨拶ぶりである。

「そんな堅い挨拶はええわ」

業平は意識して京言葉を使っているようだ。

内藤は恐縮しながらも上目遣いに、

「つかぬことをお尋ねいたしますが、いかなる次第で、当家においでになられたのでございますか。あ、いいえ、決して迷惑と申すのではございません」

「松ですよ」

業平はすっくと立ちあがり、優美な所作で縁側に立った。次いで、問題の松の木を見ながら、

「あの松、とても美しいですね」

「あれでございますか。先代がお植えになられ、いろいろと手入れをなさり、いまでは、大川端では首尾の松と並ぶほどの評判となっております」

臆面《おくめん》もなく、内藤は自慢した。

業平はふんふんとうなずきながら、

「大川からの見栄えもよい。船に乗っておったら、優美な姿に心奪われる思いが

したのや。そうなると、どうしてもそばに行って見たくなっての。迷惑かいな」

「めっそうもないです。どうぞ、心ゆくまでご見物ください」

内藤が平伏すると、安道も、

「よろしかったら、庭におりてご覧ください」

「では、ご好意に甘えるとしましょか」

業平は縁側から庭におり、三次郎も続いた。

安道と内藤が先に立って案内するなか、業平は庭を眺めながら、

「見事な庭ですね」

「ありがとう存じます」

安道が答える。

「ご先代の安村殿は、丹精《たんせい》こめて庭を造られたとか」

「それはもう、日々、お力を尽くされてました」

在りし日を思いだすかのような内藤に、業平が、

「さすがは、長崎奉行を務めただけはありますな」

職務上のさまざまな役得で、長崎奉行が実入りのいい役職であることは、公然の秘密である。

業平の言葉は、

――金が入ってくる長崎奉行を務めれば、これほどの庭も造作できよう。

と言っているようなもので、内藤も安道も、やや複雑な笑みを浮かべた。

みなが無言になりながら松の下にやってくると、業平はしげしげと見あげ、

「そばで見ると、ほんま見事やな」

三次郎に顔を向けてくる。

「いかにも。このような立派な松、めったに目にすることはできません」

「ほんまやな。惚《ほ》れ惚《ぼ》れするわ」

幹を撫でた業平が、おもむろに、

「そやけど惜しいな」

と、つぶやいた。

「いかがされましたか」

「いや、せっかくの松やが……」

業平が思わせぶりに、にやりとする。

「と申されますと」

三次郎がわざとらしく先をうながした。

「ここより、別の場所に移したほうがええのと違います？　風水《ふうすい》からしてな、ここに松があると、この屋敷に災《わざわ》いをもたらすわ」

業平は大真面目に答えた。

風水とは古代中国の思想で、気の流れを読み、建物の位置で吉凶《きっきょう》を占う。

公家の業平の口から語られると、いかにも、もっともらしく聞こえた。

六

「そのようなこと……」

内藤の大きな顔が歪んだ。

「間違いない、災いをもたらすと言うてるのや」

業平はなおも言葉を重ねる。

「しかし、それは……」

「この屋敷について、聞いたことおますで」

「な、なにをでございますか」

内藤は声がしぼんでいく。

「なんでも、幽霊が出るそうやないか」

「そんな、くだらぬこと」

内藤の否定を無視して、

「松の木陰から出るらしいわ。女中の幽霊らしいやないか」

両手をだらんと垂らし、業平が幽霊の真似をした。

その間も、安道は黙りこくっている。

「口さがない者たちが、勝手に噂しておるだけです」

内藤は必死に否定するが、業平の耳には届いていないようである。

「そや、今日は植木屋もようけいてることやし、松を移したらどうや。それがええわ。そうしなはれ」

業平の合図を受け、三次郎は松吉に向かって、

「おい、殿さまがお呼びだ」

「わたしは呼んでおらん」

勝手な行動に安道はあわてたが、

「呼んではるで」

業平が大声で呼んだものだから、目をむきながらも口を閉じた。

内藤はなおも止めようとしたが、安道が「よい」と目で制する。

松吉が植木職人たちを連れてやってくると、内藤は業平にうながされ、

「この松をのう……移したいのじゃが」

「わかりました」

松吉は即座に答える。

「しかし、急な話で、今日というのは無理であろう」

「掘って松の根っこを養生することくらいは、今日にもできます」

そう言って、松吉は植木職人たちに確認した。みな、いっせいにうなずいたが、
じつは職人たちのなかには、寅吉と手下たちがまぎれこんでいた。

「ほんなら、早いほうがええわ」

業平が言うやいなや、寅吉が、

「よし、掘るぞ」

と、鋤《すき》を担《かつ》いだ。

内藤が止める間もなく、着々と作業がおこなわれていく。

「ああ、喉が渇いたな」

と、業平が喉をさすった。内藤が苦々《にがにが》しげな顔で、

「茶など一服、ご用意します」

「えらいすまんな」

扇《おうぎ》を取りだし、舞でも披露するかのような所作をしながら、業平は客間へと戻っていった。内藤が茶を運ばせる間、

「水戸さんの屋敷で聞いたんやが、昨年の四月、この屋敷に盗賊が押し入ったそうやな」

「左様にございます」

いかにも触れられたくないかのように、内藤が渋い顔をした。

「なにが盗まれたのや」

「金子《きんす》を五百両ばかり。と、書画を少々です」

「そら、災難やったな」

「当家の恥でございます」

「そや、おもろいことを耳にした。鬼蔵とか申す盗賊が押し入ったことと、安村殿が女中を斬ったことと関係がある、というのや」

「そ、そのようなこと、あるはずはございません」

驚きを示すように、内藤が口をあんぐりとさせた。

「斬った女中は、盗賊の手引き役やったそうやないか」

「いえ、それは……」

「心配せんかてええ。大っぴらに話すようなことはせん。あくまで、興味本位で聞いてるだけや」

「では、ここだけの話にお留めください。たしかに、安村さまが刀の錆《さび》にしましたのは、お常と申して、鬼蔵一味の手引き役でした。それにしても、中納言さまは地獄耳でございますね」

無理に冗談めかして言う内藤をよそに、安道は先ほどから口をつぐんで黙りこくっている。

そこへ、茶が運ばれてきた。業平は美味《うま》そうに飲み干すと、

「突然の訪問、邪魔をしました」

と、突然、腰をあげた。それから縁側に立ち止まって、

「あれにおるは松吉やな」

と、内藤を振り返る。

内藤は意外な顔で、

「松吉をご存じでございますか」

「うちの庭木の手入れもしてくれるからの」

「そうでございましたか」

「明日は、うちに来てもらうことになってる」

そう告げることで、内藤に釘を刺したのだろう。松吉に危害が及ばないようにという、業平なりの配慮に違いない。

ここまではっきりと示せば、内藤とて、業平や町奉行所同心の三次郎を前に、荒っぽいことはできないだろう。


その日の夕刻。

三次郎はまだ帰らず、業平の自宅で待っていた。大野屋敷の結果が気になってしかたがないのだ。

夕餉の支度をしようとするお紺を、今日は食欲がないからと、業平は早めに帰してしまった。

じりじりとしながら待っているところへ、寅吉がやってきた。

松を掘ったことで泥にまみれ、身体は洗ったのだろうが、それでも爪の先が真っ黒に汚れている。

「どうでした」

業平の声音には、期待がこめられていた。

「それが……くたびれ損の、というやつでして」

寅吉の顔には、あきらかに疲労の色が見て取れた。

「なにもなかったのか」

三次郎も失望の声を漏らしてしまう。

業平とて、少なからず失望を味わっているようだ。

「人の亡骸もお宝も、なにもありませんでした。お常の幽霊も現れません」

「なんにもか」

三次郎が念押しをする。

「両の目をかっと見開いて、隅から隅まで見たんです。間違いないですよ」

「すると、松を移すことを頑《かたく》なに反対したのは、いかなるわけなのでしょう」

救いを求めるように業平を見た。

「これは、とんだ間違いだったのかもしれませんね。わたしの見当が外れたということでしょう」

いつもと様子の違う意気消沈した業平を見ると、気の毒にすら感じた。

それは、寅吉も同じと見え、

「ま、こういうこともありますよ。磨の旦那だって、千里眼《せんりがん》ってわけじゃないんですから」

「そうです。なにも、悪いことをなすったわけではないです」

三次郎も励ます。

「いや、わたしは罪深いことをした。無用のことをしでかしたのです。本来、あの松は、あの丘の上にこそ植えられるべきものでした。それが、わたしの間違った考えのために、せっかくの勝景《しょうけい》が台無しになったのです」

自分を責めるように、業平はみずから頰を打った。

「や、やめてください」

「あんまりご自分をお責めになっちゃいけませんや」

びっくりして、三次郎と寅吉が止めに入る。

するとそこで、

「こんちは」

木戸から松吉の声がした。

「入りなさい」

業平の許可を受けて入ってきた松吉は、庭先で片膝をつき、

「今日はどうもありがとうございました」

「とんだ無駄骨《むだぼね》を折らせてしまいましたね」

申しわけなさそうに、業平が声をかける。

「とんでもございません。でもこれで、すっきりとしましたよ」

松吉の顔は晴れ晴れとしていた。

「ま、なにもなかったってことが、はっきりしたんだから、それでよしということにしましょうや」

寅吉の取りなすような言葉に、そういうことです、と三次郎も同意する。

「今回のことは、本当にすみません。あっしがよけいなことを言いだしちまったばかりに、こんな話がややこしくなっちまって」

松吉が深々と頭をさげる。

「おめえが悪いんじゃねえよ」

寅吉が肩を叩き、慰《なぐさ》めるように言った。

「とんだ幽霊騒動というか……幽霊の正体を見たり枯《か》れ尾花《おばな》だな」

三次郎の笑い声に、

「退屈凌《しの》ぎにはなりましたぜ」

　寅吉が調子を合わせる。

「そうかもしれませんね」

　ようやく自嘲気味ながら、業平が笑みを浮かべた。

　無事に丸くおさまり、ようやく安心したのか、寅吉がぽつりと漏らした。

「でもね……探索が本職のおれから見ても、あのお屋敷は怪しかったですよ。おれらのほかにも、なにやら探りを入れているような連中を見かけましたからね」

「本当ですか？　なぜ黙っていたんです」

　ふたたび、業平が興味を示しはじめた。

「すんません。幽霊騒動には関係ないと思ったもんで」

　首をすくめる寅吉に、業平が問いつめる。

「南町奉行所ではないのですか」

「違いますね。北町でもないし……なんか、町方とは匂いが違った感じだったんですがね。ま、なんにもなかったんだから、どうでもいいことですけど」

　突然、業平の雪のように白い肌に赤みが差した。

「やられました」

業平は立ちあがった。

「どうしたんです」

三次郎が聞くと、

「やられましたよ……いや、やられるところでした」

業平の目は、すでに爛々《らんらん》と輝いていた。

七

「どうなさったのですか」

三次郎の問いかけに、業平はいつもの澄まし顔に戻り、

「物を隠すのに、どこへ隠しますか」

すぐに寅吉が、

「そら、見つからねえところですよ」

「見つからないところとは、どこですか」

「それは……」

寅吉が言葉に詰まると、松吉が、あっ、と小さく叫んだ。

三次郎もその考えにいたり、

「そうか、あの松の下ですか」

業平はにっこりしながら、

「そういうことです。いったん探された場所が、いちばん見つからない……たとえば、一度掘り起こされた松の木の下です」

「でも、用人の内藤さまは、最初から植え替えに反対なさっておられたんでしょう。それが、芝居だったたってんですかい」

納得できないらしく、寅吉が唸った。

「おそらく、そうでしょう。そのため、幽霊騒動などをでっちあげ、わざとあの松に注目を集めたのです。そして、その植え替えを狙った」

業平の言葉に、今度は三次郎が疑問をぶつける。

「しかし、あの松に注目を集めたからといって、そううまく探索の目を引きつけられるものでしょうか。今回はたまたま、松吉が興味を示したからよかったものの、そうでなければ、せっかくの計略も無駄となったでしょう」

「ですから、松吉に向けて内藤は芝居を打ったのですよ。ねえ、松吉」

業平に視線を向けられ、松吉は曖昧に口ごもった。

「どういうこってす」

問いつめようとする寅吉を制し、業平が、

「松吉、あなたは本職の植木屋ではありませんね」

三次郎と寅吉が、同時に驚きの声をあげた。

「申しわけございません」

頭をさげる松吉を見て、三次郎はまだ納得がいかず、

「どういうことだ」

「わたしは、水戸徳川家御庭方、渥美《あつみ》源之進《げんのしん》と申します」

言葉つきががらりと変わり、松吉の所作にも、武士としての品格が漂っていた。

「松吉……じゃなかったのか」

呆然とする寅吉に、

「欺《あざむ》いて申しわけない」

松吉こと渥美源之進が、ふたたび深く頭をさげる。

三次郎も言葉をあらためため、

「そもそも、なぜ水戸さまが、大野屋敷を探っておられたのですか」

「水戸家の財宝が大野屋敷にあると、蔵番方の米津助右衛門さまが狙いをつけら

れたのです」

「と、申されると……例の書物」

「そうです」

「ということは、大野さまは、竜巻の鬼蔵一味と関係があるということですか」

「水戸家ではそのように考えております。そこで、竜巻一味の残党と称した書付を送りつけました。きっと、大野屋敷で動きがあるに違いない、と見越してのことです」

「なるほど、そういうことか」

寅吉が、さかんに感心をした。

「わたしは、大野屋敷に潜入し、蔵などを調べました。ところが、どこにも書物はございません。そこで目をつけたのが、松の木です。あの松の木に、内藤は異常なほどの執着《しゅうちゃく》を見せていましたから。これはなにかあると思い、飛鳥中納言さまを頼ることにしたのです」

「水戸家では、わたしが物見高い暇人だと思われているのでしょう」

業平が、からからと笑った。

「そんなことはございません」

源之進は否定したものの、業平はいっこうに気にする素振りも見せず、

「気にすることない。そのとおりや。津坂さんやろ、わたしに大野屋敷のことを話せと言うたのは」

「いいえ、蔵番方の米津さまです」

三次郎の脳裏《のうり》に、米津助右衛門の実直そうな面差しが過《よ》ぎった。

やはり、前任、江頭長兵衛の無念が忘れられないのだろう。

「わかった。頼られているというのは、ええことや。ほんなら、頼られついでに決着まで見届けようやないか」

「なにを考えておられるのです」

三次郎が危ぶむと、

「決まっているでしょう。夜半、大野屋敷に忍びこみ、もう一度、あの松を掘り起こすのですよ」

三次郎と寅吉が反対の言葉を口にする前に、

「わたしは行きますよ。あなた方は勝手になさい」

こうと決めたら揺るがない業平の性格を、すでに何度も見てきた三次郎と寅吉である。ふたりは期せずして、

「行きます」

と、同時に返事をした。


その晩、夜九つ（午前零時）。

業平と三次郎、寅吉、それに源之進は、梯子《はしご》を使って大野屋敷の築地塀《ついじべい》を乗り越えた。土を掘り返すために、寅吉の手下五人も加わっている。みなで、松が植えてあった小高い丘にのぼった。

いまや松はなく、掘り返した土は戻され、平らになっている。

幽月《ゆうげつ》のほの白い光を受け、白の狩衣姿の業平は、妖《あや》しいまでに優美だ。まるで、舞台に立つ古《いにしえ》の白拍子《しらびょうし》のようである。腰には、黄金で装飾された太刀を提《さ》げていた。

「野郎ども、掘れ」

寅吉みずから、鋤を担いで土を掘り返す。

丹精こめて造られた庭や御殿が、闇におぼめいている。

屋敷全体が深い眠りにつくなか、寅吉たちは黙々と作業を進めた。

無用な明かりは灯《とも》さず、提灯《ちょうちん》は三次郎が持参したものだけだ。一度、掘り返したとあって土はやわらかく、作業は順調に進んでいく。

四半刻ほどが過ぎた時点で、三間四方、深さ二間ほどの穴が掘れた。

「麿の旦那」

寅吉の低く、くぐもった声がした。業平と三次郎が穴を覗くと、なかば土に埋もれた長持《ながもち》が見て取れた。

「やはり、ありましたね」

業平はひどく満足そうだ。

「開けますよ」

寅吉が手下とともに蓋に手をかけた。三次郎が身を乗りだし、提灯をかざす。

「せえの」

全員の視線が集まる。

「こら、すげえや」

寅吉が思わず大声を出した。

長持の中には、青磁《せいじ》の壷、ギヤマン細工の器、西洋画、西洋の首飾りなどなど……目が眩《くら》むほどの財宝が、びっしりと詰められていた。

「書物は……」

源之進が長持に首を突っこみ、手を差し入れて探しはじめた。

「これは、どういうことでしょう」

三次郎の疑問には答えず、業平も書物の行方が気になるようだ。

「書物はありましたか」

顔をあげた源之進が、首を横に振る。

「寅、手伝いなさい」

業平の声には焦《あせ》りが滲んでいた。寅吉が手下とともに、長持の中を探るが、なかなか目的の書物は見つからない。

「わとさん、ぼっとしてないで提灯で照らしなさい！」

業平の剣幕に気圧《けお》されるように、三次郎が穴の中におりた。

「ありません」

無念そうに、源之進が言った。寅吉も首を振るばかりである。

思わず、三次郎は提灯を業平に向けた。提灯の明かりに浮かぶ業平の顔は戸惑いを浮かべ、瞬《まばた》きを二、三度してから悔しそうに唇を噛んだ。

「また、間違えました。どうやら、ここには書物などないのです。鬼蔵一味とも
つながりはありません」

「米津さまが間違っておったということですか」

「そういうことです」

「なら、これはいったいなんです」

寅吉が聞いた。

「大野家の先代当主、安村が長崎奉行を務めていたときに蓄《たくわ》えた財宝……いわゆる抜け荷品でしょう。安村はこの抜け荷の所在を、お常に見られたのです。そこで、お常を斬ったのですね。ところが、安村が亡くなったいま、内藤たちは、思わぬところから探られていることに気づいた。寅が言っていた連中……おそらくは、公儀の隠密でしょう。このことが公《おおやけ》になれば、御家の一大事。内藤は抜け荷品を隠そうと、安道に抜け荷の事実を告げ、松の木の計略を成功させるため、あたかも幽霊を見たという芝居をさせたのです」

業平は、「今度こそ間違いありません」と小さな声で付け加えた。

「お公家さまが、泥んこ遊びでございますか」

突然、内藤の声がしたと思うと、高張《たかはり》提灯が灯《とも》され、大野家の家臣たちが丘を取り巻いた。

三次郎が、

「なんの真似ですか。このお方は畏《おそ》れ多くも……」

「わかっております。従三位権中納言、飛鳥業平さまでございますな」

「ならば、このような無礼をいたしてはなりませんぞ」

「無礼は承知でござる。大野の家を守らねばなりませんからな。幸い、みなさんはみずからの墓穴を掘られたようだ。夜中に無断で他人の屋敷に押し入るとは、盗人と間違われてもしかたあるまい」

薄笑いを浮かべる内藤に、

「馬鹿野郎！」

寅吉が怒鳴った。

内藤がけしかけると、家臣たちが続々と丘を駆けのぼってくる。

業平は黄金の鞘を左手に持ち、太刀を抜き放った。月光に煌《きらめ》く太刀は、研ぎ澄まされたような輝きを放っている。刃に映《うつ》る業平の横顔は、月をも凌駕《りょうが》する美しさだ。

業平は右手一本で太刀を持ち、鶴のように右足だけで立った。

その優美な姿に、一瞬、家臣たちは立ちすくんだが、

「早くやれ」

またもや内藤にけしかけられ、業平目がけて殺到する。

業平は少しもあわてず、舞うように敵に対した。右から襲ってくる相手の頬を斬り、次いで、左の男の髷《まげ》を飛ばした。

さらに向かってくる侍たちには、寅吉が泥や石をぶつけた。手下たちもいっせいに投げ、三次郎も加わる。

たちまちのうちに、家臣たちは戦闘意欲を削がれたらしく、誰からともなく逃げていった。その場にひとり残された内藤に、

「観念なさい。あなたも武士でしょう」

業平が丘をゆっくりとおりながら言った。

「あいにく、わたしは武士の風上にも置けない男ですから」

内藤は不気味な笑い声をあげると、右手を突きだした。鈍く光る黒いものを握っている。

「長崎で、阿蘭陀《オランダ》の商人から手に入れました。短筒《たんづつ》です。中納言さま、お覚悟召されよ」

夜空に轟音《ごうおん》がとどろいた。

が、それより一瞬早く、業平の身体はふわりと宙《ちゅう》を舞っていた。

そして、鶴のように内藤の前におり立つと、内藤はあわてふためきながらも、二発目を発射した。しかし、狙いをつける余裕はなく、弾丸は業平をかすりもしない。

そこで、源之進が丘の上からギヤマン細工の器を投げた。透明な器が、内藤の顔面を直撃し、右手から短筒が落ちる。

「それまでです」

業平の太刀の切っ先が、内藤の喉笛寸前でぴたりと止められた。

内藤は、へなへなとその場に崩れ落ちたのである。

八

十日が過ぎ、雨がそぼ降る昼さがりのこと。

業平宅を、津坂兵部が訪ねてきた。

津坂は居間の隅で控える三次郎に視線を注《そそ》ぎ、暗に席を外すことを求めた。三次郎は頭をさげ、居間を出ていく。

津坂はあらたまったように空咳《からぜき》をしてから、

「このたび、当家の米津が飛鳥卿に多大なご迷惑をおかけし、まことに申しわけございません」

「気にしていません。それより、米津殿はいかがされましたか」

「いったんは自分の見当違いな推量を悔い、切腹を申し出たのですが、なんとか宥め、いまでも蔵番の役職を続けております」

「それはよかった。切腹など論外です。米津殿のおかげで、大野安村の罪が暴けたのですからね」

「大野家は改易《かいえき》。せっかく養子入りしたのに、安道さまには気の毒なことになりましたな」

「安道殿はどうなるのですか」

「実家である加納出雲守さまのお屋敷に戻られたとか。しかし、捨て扶持《ぶち》をあてがわれ、一生、部屋住みの身でしょう」

「そうですか……それはそうと、米津殿が大野に目をつけたのは、お常のことがあったからですか」

「そのようです。今年になって、大野屋敷でお常の幽霊が出るという噂が、本所界隈に流れました。米津は、大野安村がお常を殺し、鬼蔵一味が奪った財宝を手に入れたのではないかと考えたのです。そのなかには、光圀公所縁《ゆかり》の書物もあると……」

「ところが、そんな書物はなかった。すると、書物は鬼蔵一味が持ち去ったまま行方知れず、ということですか」

「それでございます。本日まいりましたのは、そのことについて、飛鳥卿にお話しせねばと思ったからです」

「どんなことでしょう」

津坂は軽いため息を吐いてから、

「書物は、米津の前任者、江頭長兵衛が焼いたのです」

「……焼いた」

さすがの業平も、予想外の事実に絶句した。

「書物は、飛鳥卿が睨まれたとおり、朱舜水が光圀公に贈られた書物です。光圀公が大日本史を編纂するうえで、役に立つと思われたのでしょう。しかし、その内容は日本の歴史、わけても朝廷の歴史を覆《くつがえ》すものでした。光圀公は事の重大さを思い、しばし封印し、後世、歴史の研究が進んだ段階であきらかにせよ、と遺言されたのです。そして、時代がくだり、斉昭公がそれを明るみに出そうとしたとき、江頭は断固として反対しました。そんなおり、鬼蔵一味が押し入ったのです。一味は千両を奪っただけでしたが、これ幸いと江頭は書物を焼き、鬼蔵一味に奪われたことにして切腹して果てたのです」

「なんと……」

「このことを知る者は、斉昭公とわたしのほか、数人に過ぎません。斉昭公は、中納言さまを欺《あざむ》いたことの罪深さを思い、わたしを遣《つか》わされたのです」

そこで、津坂が両手をついた。

部屋を重苦しい空気が支配する。

しばらく沈黙が続き、それを振り払うように、業平は障子を開けた。篠突《しのつ》く雨はやみそうにない。縁側までもが濡れそぼり、庭は雨で煙《けぶ》っていた。

「わとさん、話は済みましたよ」

業平が大きな声で呼ばわると、控えの間で待っていた三次郎がやってきた。

「よく降りますね」

「たまには雨もいいと思いましたが、こう激しいと辟易《へきえき》しますね」

業平が空を見あげると、雷光《らいこう》が走った。しばらくして、雷鳴《らいめい》が轟《とどろ》く。

「梅雨《つゆ》には早いですがね」

「時節外れの幽霊も出ることですから、世の中、なにが起きるかわかりませんよ」

「ところで、津坂さま……鬼蔵一味に奪われた水戸さま秘蔵の書物には、どんなことが書かれているのでしょう。中納言さまのお話ですと、日本の歴史がひっくり返るような内容だとか……」

三次郎にまったく悪気はないのだが、その問いは津坂を困惑《こんわく》させた。

「いまとなってはわかりませんね。わとさん、世の中には知らないほうがいいこともあるのですよ」

業平の意味ありげな助け舟が、今度は、三次郎を困惑させた。

とうぶん、業平は江戸に滞在するようだ。

江戸に留まるかぎり、三次郎は業平から離れられない。

定町廻りから外されたことはいまでも悔やまれるが、それよりも業平のそばにいると、興味深い事件に遭遇し、そのぶん振りまわされる。

――飛鳥殿が事件を求めるのか、事件が飛鳥殿を引き寄せるのか。

これからも退屈しない日々が送れそうではある。

屋敷から移されたものだ。

雨に煙《けぶ》った庭に、ひときわ目立つ赤松が見えた。

このまま枯《か》れさせるのはいかにも惜しい、と業平が所望し、改易になった大野屋敷から移されたものだ。

「小ぢんまりとした町家に不釣り合いなほど、立派な松だ」

と、業平の素性を知らぬ近所の者たちは噂している。

――不釣り合いなんかであるもんか。

三次郎は、決して赤松に劣《おと》らない、業平の優美さ、気高さを思った。

それは、業平が従三位権中納言という高貴な身分にあるからではない。

その楚々《そそ》とした所作、明晰《めいせき》な頭脳、そして身分の上下に関係なく人と接する態度……妻子を失った悲しみを、決して見せない強さ。

それらが、飛鳥業平という男を、美しく形作っている。

「飛鳥殿、あなたさまは、松よりも富士のお山よりも美しいですよ」

思わずつぶやいたとき、

「ひええ！　わとさん」

三次郎の思いを裏切るような、業平の情けない金切り声が耳に飛びこんできた。

居間に戻ってみると、なんと、床の間の土壁を蛞蝓《なめくじ》が這っている。

――人間、なにかしら弱味があるものだな。

三次郎は心のうちで苦笑した。

だが、業平の虫嫌いは、決して評価を低めるものではないだろう。むしろ、親近感を抱かせるという点では、微笑ましいものに感じられる。

ところが、津坂は、業平の狼狽《ろうばい》ぶりにあわてふためき、助けを求めるように三次郎を見た。

三次郎は笑いを噛み殺しながら、懐紙《かいし》で蛞蝓をつまむと、縁側から庭にそっと放った。

いまだ青い顔のままの業平が、

「津坂さん、この家の掃除が足りませんよ。すぐに大掃除をしなさい」

「申しわけございません」

「まったく、なってませんね」

「申しわけございません！」

「いいから、早く掃除の者を寄越しなさい」

「ただちに」

津坂はほうほうの体《てい》で、居間を飛びだしていった。

ようやく落ち着きを取り戻した業平は、

「なにかおもしろい事件はありませんかね」

「そんなことに……」

かかわってはなりません、と口に出しかけた三次郎だったが、

「きっと、そのうち、とびきりの難事件が起きますよ」

「ほほう、わとさんには、なにか心あたりがあるのですか」

「心あたりと申しますか……事件が飛鳥殿を呼んでいるような気がします」

「それはどういうことですか」

業平はきょとんとした。

「わたしにもよくわかりません」

「わとさん、あなたが言いだしたのですよ」

こうしていると、三次郎の耳に、「わと損」とは聞こえない。はっきり、「わとさん」に聞こえる。

だが、それもいつまで続くか。

難事件に遭遇すれば、「わと損」に聞こえるような気もする。

——それもよし。

三次郎は、業平と知りあえた喜びを、いまさらながらに噛みしめた。

コスミック・時代文庫

公家《くげ》さま同心《どうしん》 飛鳥業平《あすかなりひら》
決定版 1

2023年6月25日　初版発行

【著 者】
早見《はやみ》 俊《しゅん》

【発行者】
相澤　晃

【発 行】
株式会社コスミック出版
〒154-0002 東京都世田谷区下馬 6-15-4
代表　TEL.03(5432)7081
営業　TEL.03(5432)7084
　　　FAX.03(5432)7088
編集　TEL.03(5432)7086
　　　FAX.03(5432)7090

【ホームページ】
http://www.cosmicpub.com/

【振替口座】
00110-8-611382

【印刷／製本】
中央精版印刷株式会社

ISBN978-4-7747-6481-8 C0193